Engaño y amor

MAXINE SULLIVAN

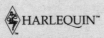
HARLEQUIN™

Editado por HARLEQUIN IBÉRICA, S.A.
Núñez de Balboa, 56
28001 Madrid

© 2010 Maxine Sullivan. Todos los derechos reservados.
ENGAÑO Y AMOR, N.º 1786 - 11.5.11
Título original: High-Society Seduction
Publicada originalmente por Silhouette® Books.

I.S.B.N.: 978-84-9000-021-2
Depósito legal: B-11170-2011
Editor responsable: Luis Pugni
Preimpresión y fotomecánica: M.T. Color & Diseño, S.L.
C/ Colquide, 6 portal 2 - 3º H. 28230 Las Rozas (Madrid)
Impresión en Black print CPI (Barcelona)
Fecha impresion para Argentina: 7.11.11
Distribuidor exclusivo para España: LOGISTA
Distribuidor para México: CODIPLYRSA
Distribuidores para Argentina: interior, BERTRAN, S.A.C. Vélez
Sársfield, 1950. Cap. Fed./ Buenos Aires y Gran Buenos Aires,
VACCARO SÁNCHEZ y Cía, S.A.
Distribuidor para Chile: DISTRIBUIDORA ALFA, S.A.

Capítulo Uno

–Y ésta es Jenna Branson. Es una de nuestras diseñadoras de joyas más prometedoras.

Jenna escuchó las palabras de su jefe, intentando recuperarse del shock. Hacía unos minutos, la llegada de Adam Roth al palco reservado para la empresa Conti en el hipódromo australiano Flemington la había dejado estupefacta.

Adam era el hijo mediano de Laura y Michael Roth, los propietarios de la cadena de tiendas de lujo Roth. Su familia pertenecía a la aristocracia australiana. Pero Jenna nunca había tenido deseo de conocerlo. No, después de lo que Liam Roth le había hecho a su hermano.

Jenna observó en silencio, horrorizada, mientras Adam Roth se sentaba frente a ella. Él la miró con atención. Y el corazón de ella se paralizó unos instantes.

–Es un placer conocerte, Jenna –saludó Adam, repasando con la mirada el lustroso pelo moreno de ella, su rostro y su vestido con estampado de flores.

–Lo mismo digo –consiguió responder ella, con gran esfuerzo. ¿Por qué diablos había tenido que aceptar ir allí ese día? Si no hubiera sido por la insistencia de su jefe, Roberto, y su encantadora esposa, Carmen, en ese momento estaría disfrutando de un sábado de relax en su casa.

–¿Has acertado a algún caballo ganador? –preguntó él con voz profunda y suave.

–No, todavía no.

Adam sonrió con confianza.

–Pues quizá cambie tu suerte.

–Quizá.

En ese momento, el hijo del jefe de Jenna regresó a la mesa y se sentó a su lado. Jenna se estremeció, molesta. Marco llevaba meses pidiéndole salir. Y pensaba que, al fin, iba a conseguirlo. Nada más lejos de la realidad.

–¿Has traído pareja? –preguntó Marco a Adam, después de saludarlo.

–No. Esta vez, no.

–No es propio de ti, amigo –bromeó Marco y, al mismo tiempo, le pasó el brazo por la cintura a Jenna con gesto posesivo.

Jenna miró a ambos hombres con aprensión. No quería que nadie creyera que ella y Marco eran pareja. Y tampoco quería que ninguno de los dos pensara que estaba disponible para tener una aventura fácil.

Por desgracia, a lo largo de la tarde, Adam no hizo más que prestarle atención. Jenna intentó no reaccionar, pero su interés le hacía sentir incómoda, aunque de una forma distinta a lo que sentía en compañía de Marco. Adam Roth era un mujeriego. Un sofisticado y experto mujeriego, a pesar de que se había quedado viudo hacía cuatro años cuando su esposa había muerto en un accidente de coche.

Al menos, Jenna tenía un as en la manga. Al recordar lo que Stewart había pasado, se sentía más fuerte para resistirse al guapo playboy que tenía delante. Ella sabía de lo que eran capaces los Roth y eso la ayudaba a poner una invisible barrera protectora a su alrededor.

Cuando hubieron terminado de comer, Jenna pensó que era buen momento para ir al tocador. Marco estaba ocupado siguiendo una carrera, así que aprovechó para salir del palco sin ser vista. Sin embargo, Adam se percató de su escabullida y ella intuyó que la seguiría.

Una vez en el pasillo, se apresuró en buscar el baño de señoras. Tenía el presentimiento de que Adam quería pedirle salir.

Justo cuando iba a abrir la puerta del baño, una voz la detuvo.

—Jenna.

Ella se quedó quieta, tuvo la tentación de ignorarlo y entrar al baño sin más, pero se dijo que él la esperaría a la salida. Así que respiró hondo y se volvió.

Adam estaba detrás de ella, demasiado cerca. Jenna se quedó paralizada y él sonrió.

—Creo que eso no es lo que quieres —susurró él con voz llena de sensualidad.

—¿Ah, no? —replicó ella, parpadeando.

Adam señaló al cartel que había en la puerta.

—Esto es el almacén.

—Ah —dijo ella. Había tenido tanta prisa por huir de él que ni se había dado cuenta. Miró al otro lado del pasillo, esperando vislumbrar el baño de señoras. Entonces, se le ocurrió algo. ¿Acaso no debía aprovechar la oportunidad para hablar con Adam Roth e intentar ayudar a Stewart?

Jenna respiró hondo y abrió la boca, pero la cerró de nuevo cuando una persona pasó junto a ellos. Un pasillo no era el lugar adecuado para hablar de algo tan privado. Así que señaló hacia el almacén.

—¿Te parece bien si hablo a solas contigo?

–¿Ahí dentro? –preguntó él con ojos brillantes.

–Sí –afirmó ella, decidida a aprovechar la oportunidad–. Por favor.

Adam no se movió. La miraba con un gesto extraño… como si ella le hubiera decepcionado.

–Lo siento, preciosa. Eres impresionante, debo admitir que me siento tentado, pero un revolcón rápido en el cuarto de las escobas no es lo mío. Prefiero salir a cenar con una mujer primero.

–¿Q-qué?

–Sin duda, muchos hombres estarían encantados de aceptar tu oferta, pero yo creo que el romanticismo es más… satisfactorio –señaló él y se giró para irse–. Iba a pedirte que salieras conmigo, pero…

Ella se recompuso y lo agarró del brazo.

–¿Crees que estoy buscando sexo? –le espetó Jenna, ofendida–. Puedo asegurarte que no estaba pensando en eso para nada.

Adam posó la mirada en la mano que lo sujetaba y, luego, en Jenna. Sin embargo, ella se negó a soltarlo.

–Quiero hablar contigo. Prefiero hacerlo en privado –afirmó ella y tragó saliva–. Pero también puedo hacerlo delante de todos.

–Teniendo en cuenta que acabamos de conocernos, no creo que tengas nada importante que decirme.

–Pues te equivocas –aseguró ella, sin soltarlo.

–¿La reunión de hoy ha sido idea tuya? –preguntó él tras un silencio.

–No. Pero tengo una queja que hacerte sobre tu familia.

–¿Mi familia?

–Si quieres, te lo puedo explicar en privado.

Una pausa. Adam inclinó la cabeza.

–Bien.

Adam abrió la puerta y dejó que ella pasara delante. Una vez dentro, la cerró.

–De acuerdo, habla.

–Quiero que le des a mi hermano el dinero que tu hermano Liam le ha estafado.

Adam se quedó petrificado.

–Rebobina y dilo otra vez.

–Esperaba que lo negaras –señaló ella, pensando que Adam habría tenido que defender a su hermano cientos de veces–. Los Roth estáis muy unidos.

–No puedo negar nada si no sé de qué estás hablando –repuso él, con actitud molesta–. ¿Y se puede saber quién es tu hermano?

–Stewart Branson.

–¿Se supone que lo conozco? Me temo que estás hablando con el tipo equivocado, tesoro. Mi familia no tiene nada que ver con esto.

–Yo sé lo que mi hermano me contó –insistió ella.

–Pues me gustaría escucharlo.

Jenna tomó aliento, aliviada porque él pareciera dispuesto a hablar.

–Hace seis semanas, una noticia en la televisión informó del funeral de Liam –indicó ella. Liam, el hermano menor de Adam, había muerto hacía unos meses de una enfermedad terminal.

–Continúa.

–Stewart se pasó por mi casa. Tenía un aspecto terrible. Yo le iba a preguntar qué le pasaba, cuando vio las imágenes del funeral en la televisión y se derrumbó. Dijo que tu hermano le había engañado para que le diera una cantidad enorme de dinero que él no tenía.

–Liam no haría eso.

–Me temo que sí.

–Él tenía su propio dinero. No necesitaba pedirle nada a nadie.

–¿No invirtió en un parque temático que no tuvo éxito? Ha salido en los periódicos.

Eso llamó la atención de Adam.

–Sigue.

–Hace dos años, Stewart conoció a Liam en una fiesta y…

–En esa época es cuando mi hermano supo que estaba enfermo.

–Lo sé –afirmó ella en voz baja–. Pero eso no cambia nada. Tu hermano se llevó el dinero de todos modos.

–No te creo.

–Al parecer, hablaron del parque temático y Liam le aseguró a mi hermano que no habría ningún riesgo. Stewart lo creyó y usó su casa como aval para darle trescientos mil dólares.

–¿Trescientos mil dólares? ¿Y se los dio sin titubear?

–Stewart confiaba en tu hermano –señaló ella–. Se supone que la integridad de la familia Roth está fuera de duda.

–Está fuera de duda –repuso él, ofendido.

–¿Entonces dónde está el dinero de mi hermano? Iban a empezar a construir el parque temático hacía seis meses, pero no ha habido más que retrasos. Al fin, la compañía quebró, como sabes –explicó ella. La noticia estaba en todos los periódicos–. Mi hermano cree que Liam se llevó el dinero bajo falsas pretensiones, y yo también lo creo. Tu familia debe devolvérselo todo a Stewart.

Adam la recorrió con la mirada.

–¿Dónde está tu hermano ahora?

–Es arquitecto. Se ha ido a Oriente Medio para ganar dinero rápido, para que su familia no pierda la casa. Por suerte, ha podido mantener el pago del préstamo hasta ahora, pero… –dijo ella y se le contrajo el corazón–. Tiene esposa y dos hijos que lo echan mucho de menos. Quieren que vuelva, pero él no puede hacerlo hasta que reúna lo suficiente para devolverle el dinero al banco.

Lo peor para Jenna era que no había podido hablar de ello con nadie. Tanto sus padres como la esposa de Jenna pensaban que él se había ido sólo para pagar antes la hipoteca de la casa. La pobre Vicki no tenía ni idea de que corrían el riesgo de perder su hogar.

–¿Por qué no ha venido a verme él mismo? –preguntó Adam–. ¿O es que te ocupas de hacerle el trabajo sucio a tu hermano?

–Stewart me dijo que no serviría de nada hablar con tu familia porque os defenderíais unos a otros –repuso ella–. Ahora entiendo por qué lo decía.

–El sistema legal lo ampara. ¿Lo ha denunciado?

–¿Cómo iba a hacerlo? No tiene dinero para contratar a un abogado. Además, su prioridad es impedir que su esposa y sus hijos se queden sin casa. Cuando consiga hacerlo, te aseguro que lo primero que va a hacer es llevaros a los tribunales –afirmó ella y apretó los labios–. Aunque, sin duda, vuestro equipo legal encontrará la manera de librarse de devolverle el dinero.

–No me gusta que insulten a mi familia –replicó él, tenso.

–Es una pena –se burló ella. No tenía por costumbre ser grosera con nadie pero, después de lo que el hermano de Adam le había hecho a su hermano, no pudo evitarlo.

–¿Qué quieres de mí?

–Que le des su dinero para que pueda volver a casa y estar con su familia.

–¿Esperas que os dé trescientos mil dólares basándome sólo en tu palabra y la de tu hermano? –le espetó él y soltó una carcajada de desdén.

–Ahorraría muchos problemas… a tu familia.

Él le lanzó una mirada heladora.

–No intentes chantajearme.

–No es chantaje. Es una promesa.

Si tenía que hacerlo, Jenna le hablaría del tema a los padres de Adam, o a su hermano Dominic, que acababa de casarse con Cassandra, la viuda de Liam.

–Si haces algo que disguste a mis padres, te lo haré pagar con creces –le advirtió él con frialdad.

–Entonces, ¿por qué no le devuelves su dinero a mi hermano y todos nos ahorramos disgustos?

–Yo no hago negocios así.

–Es obvio.

Adam la observó un momento en silencio.

–Veo que Carmen y Roberto te tienen en muy buena estima –comentó él con tono malicioso–. Me preguntó qué pensaría Roberto si supiera que estás aprovechando su hospitalidad de hoy para tus propios intereses.

–¿Quién está chantajeando a quién?

Él se encogió de hombros.

–Sólo digo que, si les hago saber que me has molestado, perderás tu trabajo. Dudo que puedas conseguir otro igual con una empresa tan prestigiosa.

–Entiendo, pero eso no cambia nada –afirmó ella

con un nudo en la garganta–. Si no arreglas lo que hizo tu hermano, se lo haré saber todo a tu familia.

–Me gusta tu estilo –dijo él con un brillo de admiración en los ojos–. No te echas atrás.

–No.

–Necesito tiempo para investigar y saber si te lo estás inventando todo.

–No me lo estoy inventando.

–Entonces, déjame comprobarlo –pidió él y la observó con detenimiento–. Mientras, podrías hacerme un favor.

–¿Hacerte un favor? No se me ocurre ninguno que pueda hacerte –dijo Jenna, tensa.

–Déjame acabar. Necesito una acompañante… femenina.

–¿Quieres que sea tu amante? –preguntó ella, sin dar crédito.

–No. Quiero que seas mi acompañante durante unas semanas.

–No. Claro que no.

–¿No?

–Prefiero ir a los medios de comunicación y contárselo todo.

–Ya sabes que toda historia tiene dos caras, Jenna. Los dos tenemos una familia y no queremos que sufran –afirmó él y achicó la mirada–. ¿Verdad?

–No, no queremos.

–Pues hagamos un trato –propuso él con satisfacción–. Yo estudiaré lo que me has contado, pero tú debes darme unas semanas de tu tiempo.

–¿Por qué yo?

–Es una buena pregunta… Pero no quiero hablar de eso ahora. ¿Cenamos esta noche?

–Bueno –aceptó ella, sintiéndose al borde de un precipicio.

–Qué poco interés muestras.

–Acostúmbrate a ello.

Adam ignoró su comentario y le tendió una tarjeta de visita.

–Llama a este número y dales tu dirección. Un chófer te recogerá a las ocho y te llevará a mi casa.

–Tengo mi propio coche. Y prefiero cenar en un restaurante, si no te importa.

–Y yo prefiero hablar en la privacidad de mi hogar –replicó él–. Mi chófer está disponible. Aprovéchalo.

Dicho aquello, Adam salió del almacén y cerró la puerta tras él.

Jenna se quedó allí dentro unos minutos, recuperando el aliento y pensando en lo que había pasado. De alguna manera, él había conseguido que ella aceptara su invitación a cenar. ¿Y ser su acompañante durante unas semanas?

¿Por qué ella?

Lo cierto era que Jenna se sentía intrigada y halagada, pero no tenía ninguna intención de aceptar una oferta tan ultrajante. Iría a hablar con él y escucharía lo que tuviera que decirle, si eso iba a ayudar a Stewart, pero no haría nada más.

Con determinación, Jenna salió del almacén y decidió que no se encontraba de humor para ver a sus anfitriones ese día. Así que dejó una nota en la recepción dándoles las gracias por la invitación y diciendo que no se encontraba bien y se iba a casa. Seguro que Roberto y Carmen lo entenderían. Y Marco ni se daría cuenta de que se había ido.

Capítulo Dos

Adam terminó de vestirse y se miró el reloj de oro que llevaba en la muñeca. Eran las siete y media. Jenna Branson llegaría pronto.

Ella no había vuelto al palco de su empresa después de su conversación en el almacén. Era una mujer hermosa y sensual, pensó Adam. Y sería todo un reto pasar el mes siguiente con ella. Sobre todo, sería una manera de solucionar uno de sus problemas más acuciantes: la esposa de su mejor amigo no dejaba de demostrarle su interés. Él temía que Chelsea acabara por ponerse en evidencia delante de Todd. Y no quería dejar que algo así sucediera, ni por su amigo, ni por él mismo.

Por eso, en ese momento, Adam necesitaba a alguien como Jenna. Alguien capaz de mantenerse firme y que supiera mantener las distancias en el plano emocional. Alguien que, al terminar el mes, se iría sin que tuviera necesidad de pedírselo. Sí, sin duda, Jenna estaría deseando librarse de él. No se parecía en nada a otras mujeres, siempre dispuestas a complacerle y a doblegarse ante él.

Por su puesto, no todas las mujeres que Adam conocía eran así. Algunas merecían su admiración, como su cuñada Cassandra, que le recordaba mucho a su madre. Las dos tenían una gran integridad y compasión, y sabían luchar por aquello en lo que creían.

Y, para las dos, la familia era una prioridad. Eso era importante para él.

No debía perder de vista al enemigo, se dijo Adam. Y Jenna Branson era el enemigo. Esa mujer era capaz de llenar de angustia a sus padres si difundía la historia de que Liam había timado a su hermano.

El problema era que Adam no estaba seguro de que Liam no hubiera hecho algo así. Echaba de menos a su hermano y deseaba que no hubiera muerto tan joven, pero también sabía que Liam siempre había ido por la vida tomando lo que había querido.

¿Cómo podía estar seguro de que Liam no había convencido a Stewart Branson para invertir en el parque temático que había sido un fracaso?, se preguntó Adam con un nudo en el estómago. No descansaría hasta no descubrir la verdad.

Entonces, el conserje lo llamó para avisarle de que Jenna estaba subiendo a su piso. Adam sintió una punzada de excitación mientras se acercaba a recibirla al ascensor.

Las puertas se abrieron y dejaron ver a una mujer impresionante, hermosísima con un vestido negro largo y zapatos de tacón. Era todavía más guapa de lo que él recordaba, se dijo.

—Es obvio que has tenido tiempo para ponerte guapa —murmuró él.

—Deberías guardarte los cumplidos para otra —repuso ella, un poco sonrojada.

—¿Por qué no para ti?

—Porque pienso ser tu peor pesadilla.

Adam rió.

—Es la primera vez que una mujer me dice eso.

—Siempre hay una primera vez.

–Estoy de acuerdo con eso. Y la primera vez siempre es especial.

Jenna pasó por delante de él, envolviéndolo en su seductor aroma.

–Tu casa no está mal –comentó ella, mirando a su alrededor–. Está decorada con mucho gusto. Me sorprende un poco que no la hayas amueblado como un harén.

–Tengo mi harén en otro sitio.

Ella sonrió.

–Bien. Sabes sonreír –dijo él.

–No te acostumbres –repuso ella, poniéndose seria–. Sólo sonrío a la gente que me gusta. ¿Pasamos a los negocios?

–Tomemos una copa antes de cenar –propuso él y se giró hacia el mueble bar–. ¿Te parece bien vino blanco?

–Sí… bueno, gracias –contestó ella tras una pequeña pausa.

Adam le tendió una copa.

–Salgamos a la terraza para disfrutar de las vistas.

–Ya las he visto.

–Desde mi terraza, no –insistió Adam, tomándola del brazo con suavidad. Salieron y él le mostró algunos sitios de interés–. Allí está el Jardín Botánico –señaló, acercándose a ella–. Y la cordillera Dandenong está por allí –añadió, acercándose más.

–Deja de ponerme a prueba, Adam.

–¿Es eso lo que estoy haciendo? –preguntó él. Era una mujer astuta, pensó.

–Sabes que sí. Y no me gusta –afirmó ella y se mantuvo en el sitio, sin moverse.

Adam percibió que, en parte, ella se sentía atraída

por él, pero no estaba dispuesta a dejarse llevar. Era una nueva experiencia para él. Ni siquiera Maddie...

De pronto, a Adam se le encogió el corazón al recordar. Maddie había muerto hacía cinco años. Su hijo podría tener cuatro años, si no hubiera muerto a la vez que su madre.

—Comamos —indicó él, para no pensar en ello. Y, sin más, entró y se dirigió a la cocina.

Sacó de la nevera los dos platos de pollo y ensalada de mango que había preparado su ama de llaves y los llevó al comedor. Se sentó frente a Jenna y comenzó a comer con apetito. Jenna, sin embargo, apenas comía.

—¿No te gusta la comida?

—La comida está bien —repuso ella con una mirada cándida—. Lo que no me gusta es estar aquí, eso es todo.

Adam se sintió irritado. La reticencia de su invitada comenzaba a enervarlo. Estaba acostumbrado a que las mujeres se pelearan por poder ir a cenar con él. Y a su cama.

—Háblame de tu familia —propuso él y le dio un trago a su copa.

—Preferiría que me contaras por qué quieres que sea tu... acompañante. Por eso he venido esta noche.

—Podría servirme para conocer mejor a tu hermano —insistió él, sin abandonar el tema.

—Mis padres están vivos y bien de salud —explicó ella, rindiéndose—. Stewart es mi único hermano, cinco años mayor que yo. Él y su esposa Vicki tienen dos niñas.

—¿Cuántos años tienen?

—Cinco y tres —contestó ella con tono cortante—. Son lo bastante mayores como para echar de menos a su padre.

–No lo dudo –dijo Adam, pensando que él no sería capaz de alejarse de sus hijos durante meses. Si los tuviera, claro. Pero no pensaba tenerlos.

De pronto, sonó el teléfono, sin embargo, Adam no se movió. Quienquiera que fuera, podía llamar después. Sobre todo, si era quien él pensaba.

–¿No vas a responder?

–No.

–Por mí, no lo hagas –dijo Jenna al ver que el teléfono seguía sonando.

–No es por ti –replicó él con tono abrupto. Estaba cansado de esas llamadas tan insistentes.

Entonces, el contestador se conectó, dejando que el mensaje se oyera en la habitación.

–Adam, soy Chelsea. Estoy buscando a Todd. Pensé que igual estaba contigo. Si puedes devolverme la llamada, sería estupendo –añadió la voz al teléfono e hizo una pausa–. Estaré esperando.

Tras un breve silencio, Jenna arqueó las cejas.

–¿No querías hablar con ella?

–Ella es la razón por la que necesito una acompañante.

–No entiendo.

Bien. Había llegado el momento de explicarle por qué necesitaba ayuda, se dijo Adam. No le gustaba darle a una extraña información que podía estropear su relación con su mejor amigo pero, por otra parte, Chelsea estaba a punto de estropearla de todos modos. No tenía nada que perder.

–Chelsea está casada con mi mejor amigo. Todd y yo nos conocemos desde niños. Yo fui su padrino de boda y él fue el mío cuando me... casé.

–¿Y cuál es el problema con Chelsea?

–Piénsalo. ¿No has notado nada… personal… en su tono de voz?

–Claro que sí. Está interesada en ti.

Adam hizo una mueca. Jenna lo decía como si fuera lo más normal del mundo.

–Y está haciendo todo lo posible para llevarme a la cama.

–¿Desde hace cuánto tiempo estáis así? –preguntó ella tras una pausa.

–No estamos de ninguna manera –le espetó él–. Al menos, no tengo nada con ella.

–Bueno, pues ¿desde hace cuánto tiempo te persigue?

–Comencé a darme cuenta hace seis semanas, cuando ella empezó a acercarse a mí. Yo no hice nada para darle esperanzas, ni lo hago ahora, pero ella insiste –explicó él y suspiró–. El problema es que antes ella me gustaba. Yo pensaba que era una buena esposa para Todd.

–¿Es atractiva?

–Sí, es atractiva, pero es la mujer de mi mejor amigo, Jenna. No me gusta engañar a un amigo.

–Qué curioso. Pensé que a los playboys eso no les importaba –comentó ella, mirándolo con sorpresa.

–No me acerco a las casadas.

–Bien –dijo ella–. Pero igual Chelsea no lo sabe.

–Debería saberlo. Sólo salgo con mujeres solteras. De todas maneras… ¿de qué lado estás tú?

–De ninguno –afirmó ella–. Ni del de Chelsea ni mucho menos del tuyo.

–De acuerdo, lo entiendo –dijo él, tenso–. Volviendo al tema, Chelsea no me ha dicho nada todavía, pero sé que está a punto de hacerlo. Tengo que ponerle fin a esto antes de que vaya más lejos.

–¿Sabe algo Todd?

–No. Le rompería el corazón. Ama a su esposa. Si le digo que sospecho de ella, Chelsea lo negará y yo me quedaré sin mi amigo.

–¿Así que por eso quieres que finja ser tu amante durante unas semanas?

–Compañera –le corrigió él–. Durante un mes.

–¿Un mes? –preguntó ella con los ojos muy abiertos–. De ninguna manera. Además, no serviría de nada. Chelsea sospecharía.

–Si ella piensa que estamos juntos, puede que cambie de idea.

–¿Y si no lo hace?

–En cualquier caso, tengo las de perder –admitió Adam–. Si sigue insistiendo, Todd va a darse cuenta y me culpará por ello. Y yo no quiero que eso suceda. Todd siempre ha estado a mi lado cuando lo he necesitado –afirmó, sin avergonzarse de necesitar a su amigo.

Jenna tomó un trago de vino y lo miró a los ojos.

–Te haré la misma pregunta que te hice esta tarde en las carreras. ¿Por qué yo?

–Eres distinta. No tenemos ninguna relación emocional –señaló él–. Excepto cierto desprecio por tu parte.

–Cierto.

–Así, cuando terminen las cuatro semanas, no tendremos que vernos nunca más.

–Y no tendrás que preocuparte porque nos encontremos por casualidad, pues no frecuentamos los mismos círculos –comentó ella.

–Eso es.

–Si acepto, ¿harás lo que prometiste hacer? ¿Estudiarás mi reclamación?

Adam se recostó en el asiento y asintió.

–Sí, lo haré cuando empiece nuestro trato. Y empezará cuando vayamos juntos a la gala benéfica del ayuntamiento el próximo viernes por la noche.

–¡Pero falta casi una semana! ¿No empezarás a investigar lo de tu hermano hasta entonces?

–No. Tendrás que esperar.

Capítulo Tres

Jenna se pasó los días siguientes preguntándose cómo podía haber aceptado fingir ser la amante de Adam Roth. Eso implicaría pasar mucho tiempo con él, a solas y en público. Estar cerca. Tocarse. Sonreírse. Actuar como si estuviera enamorada.

¡Maldición!

Pero tenía que admitir que había una cierta atracción entre ellos, algo que la distraía y la molestaba.

Por otra parte, Jenna sentía mucha curiosidad por el tema de Chelsea y Todd. Adam debía de haberse sentido entre la espada y la pared para haberle confiado algo así.

Por otra parte, le sorprendía que él tuviera escrúpulos respecto a la mujer de su amigo. Tal vez, Adam tuviera algo honorable en su interior. Al menos, tenía que admitir que él amaba a su familia. Adam parecía decidido a proteger la memoria de su hermano muerto a toda costa y ella lo entendía. Pero no quería que fuera a expensas de Stewart.

El viernes, a las siete de la tarde, el timbre de su puerta sonó. Jenna se asomó por la mirilla, esperando encontrar al chófer de Adam.

Pero no.

Era el mismo Adam.

Con el corazón acelerado, Jenna se dio un último repaso delante del espejo. Había encontrado ese vestido de gala en una tienda de segunda mano, pues no había tenido dinero suficiente para comprarse uno nuevo.

Ella respiró hondo y abrió la puerta. Adam estaba imponente con su esmoquin. Era mucho más guapo en carne y hueso que en las fotos de las revistas del corazón.

Adam la observó con gesto apreciativo, recorriendo con la mirada su vestido color azul zafiro. Un poco desconcertada por tanta atención, Jenna se giró para ir por el bolso.

–Vaya, también es la primera vez para esto –murmuró él y entró en su piso, sin esperar a ser invitado. Cerró la puerta tras él.

–¿El qué?

–No has esperado a que te hiciera un cumplido por tu aspecto.

–¿Tenía que hacerlo? –preguntó ella, fingiendo indiferencia.

–Casi todas las mujeres lo hacen.

–Yo no soy como todas.

–Empiezo a creer que así es –observó él–. Pero deja que te diga de todas formas que estás preciosa.

Ella se sonrojó, pero se recordó que no debía dejarse engatusar.

–Gracias –dijo Jenna y caminó hacia la puerta, sintiendo la necesidad de salir de su casa antes de que…

–¿Ese collar lo has diseñado tú?

–Sí –afirmó ella, parándose en seco. Se llevó la mano al collar que llevaba.

–Entonces, tendrás mucho éxito con Chelsea. A ella le encantan las joyas.

–Me alegro de que tengamos algo en común –se burló Jenna–. Aparte de a ti.

Adam no sonrió. La miró con intensidad.

Sin previo aviso, él le rodeó la cintura con el brazo y la acercó a él.

–Hay una cosa que ella no tendrá en común contigo –murmuró él–. Esto –dijo y la besó.

Jenna abrió la boca para hablar y él aprovechó para deslizar dentro su lengua. La besó en profundidad, como un experto, haciendo que a ella le temblaran las piernas. Hasta que tuvo que agarrarse a él para no caerse.

–Tenemos que parecer amantes –señaló él con voz ronca, después de separar sus labios.

Recomponiéndose, después de haberse derretido entre sus brazos, Jenna se apartó con rapidez.

–No hacía falta que me besaras para eso. No hay testigos.

–¿No hacía falta?

Aquélla debía de haber sido otra de sus pruebas, pensó Jenna y levantó la barbilla.

–Besas bien, te lo aseguro –dijo ella, intentando sonar distante y experimentada.

–Me alegro de que te lo parezca –replicó él con arrogancia.

–Sin duda, tienes mucha práctica.

–Lo hago para complacer.

–Qué amable –comentó ella con sarcasmo y pasó por delante de él, hacia la puerta.

–¿Y tú, Jenna? –inquirió él, deteniéndola.

–¿Yo?

–¿Tienes mucha práctica en besar a un hombre?

–Eso es asunto mío –contestó ella y, de pronto, recordó cómo su ex novio le había recriminado su falta de experiencia–. ¿Por qué lo preguntas? ¿No te ha gustado?

–Ha sido maravilloso –afirmó él, mirándola con curiosidad.

–Bien, no me gustaría decepcionarte con mi actuación.

–¿Por qué? ¿Alguien se ha sentido decepcionado… contigo antes?

Ella se puso tensa.

–Es una pregunta muy personal.

–Olvídalo –dijo él y miró el reloj–. Es mejor que nos vayamos.

Jenna supo, sin embargo, que él se había dado cuenta. Aquel hombre era un experto en el terreno sexual, un Goliat a su lado.

En su limusina, Adam se disculpó para responder una llamada. Jenna se alegró por no tener que hablar con él. El beso la había dejado bastante descolocada.

Jenna fijó la vista en la ventanilla. Recordó lo encantados que habían estado sus padres y su cuñada cuando les había dicho que iba a salir con Adam Roth. Había tenido que decírselo porque, de todos modos, su foto saldría en los periódicos esa semana. Y había tenido otra razón para hacerlo. Les había pedido que no le dijeran nada a Stewart, con la excusa de que su hermano era muy protector y no le gustaría saber que ella estaba saliendo con otro playboy. Stewart ya se había mostrado bastante en contra de que saliera con Lewis, y sus padres y Vicki lo comprendieron.

Adam colgó justo cuando llegaban y la miró, esbozando una magnética sonrisa.

–¿Vendrán tus padres a la fiesta? –preguntó ella.

–No, yo vengo en su nombre –indicó él–. A mi tío le están haciendo pruebas médicas en Brisbane y mis padres han querido acompañarlo.

—Muy considerado por su parte —comentó ella.

—La familia es la familia —repuso Adam mientras la limusina se detenía.

Por suerte, el alcalde y la alcaldesa llegaron justo delante y los fotógrafos no repararon en Adam y en ella.

El Ayuntamiento de Melbourne era un majestuoso edificio de cien años de antigüedad, con una gran escalinata de mármol a la entrada, hermosas ventanas con mosaicos e impresionantes lámparas de araña. En el centro de la sala, había un órgano de madera tallada, famoso por ser el más grande del hemisferio sur.

Enseguida, los guiaron hasta su mesa y Jenna se asustó al ver dónde iban a sentarse.

—¿Estás bien? —le susurró él al oído.

—No esperaba sentarme en la misma mesa que el alcalde y su esposa.

—No te preocupes.

—Lo siento, pero no estoy acostumbrada a estar con gente tan importante.

—Te aseguro que por dentro son como tú y como yo —repuso él con una sonrisa.

—Lo dudo —contestó ella y se forzó a sonreír.

Tras las presentaciones oportunas, se sirvieron las bebidas. Adam se acercó a ella para hablarle al oído.

—Si te hace sentir mejor, imagínate a todos los que están aquí en ropa interior. Desnudos, son igual que nosotros.

Ella lo miró estupefacta, pensando que no había en el mundo nadie igual que él.

—¿Estás imaginándome en ropa interior o qué? —murmuró él con un brillo en los ojos.

—Yo…

—Oye, Adam –llamó un hombre–. Deja de monopolizar a la dama y preséntanosla.

Jenna levantó la vista y vio que una pareja se sentaba en las dos sillas que quedaban vacías a su lado. El hombre era atractivo y amistoso y la mujer la miraba con cierta curiosidad y algo más…

—Eh, tú tienes a tu propia dama, Todd –replicó Adam y le pasó el brazo por la cintura a Jenna.

Así que aquéllos eran Chelsea y Todd, se dijo Jenna y notó que Adam se ponía un poco tenso.

—Adam, ¿cómo estás? –saludó Chelsea, se acercó a él y lo besó en la mejilla. Junto a la boca.

Jenna sintió que él se ponía todavía más tenso.

La pareja también formaba parte de la flor y nata de la sociedad australiana, como los Roth. Todd era hijo de un gran magnate de la construcción y Chelsea de un empresario del acero. Cielos, ¿dónde se había metido?, pensó Jenna, dejándose llevar por la conversación ininterrumpida que ocupaba la mesa.

—Dime, Jenna, ¿vives en Melbourne? –preguntó Chelsea cuando hubieron llegado a los postres.

Jenna asintió mientras la banda comenzaba a tocar una suave melodía.

—No te había visto antes. ¿A qué te dedicas? –insistió Chelsea.

—Soy diseñadora de joyas.

—Ah –dijo Chelsea y echó una mirada a su collar–. Qué bien. ¿Para quién?

—Me temo que no lo conoces –repuso Jenna. No quería decir que trabajaba en Conti. Cuanto menos supiera Chelsea de ella, mejor.

Chelsea soltó una estúpida carcajada.

—Qué tonta soy. Supongo que, si conociéramos tus

diseños, no tendríamos que preguntarte para quién trabajas.

–No eres tonta, cariño. Eres muy dulce –intervino Todd, mirando a su esposa con afecto.

–Ay, Todd –repuso Chelsea, aunque sin mirar a su esposo a los ojos.

–¿No crees que mi mujer es muy dulce, Adam? –preguntó Todd con ingenuidad.

–Sí, Todd –contestó Adam. Entonces, se puso en pie y le tendió la mano a Jenna–. Discúlpame, pero quiero bailar con mi chica.

Adam la llevó al centro de la pista de bailar y la apretó contra su cuerpo, haciendo que ella se derritiera. Jenna levantó la vista hacia él, apartándose unos centímetros.

–Le ha dado fuerte contigo, Adam.

–Gracias. Justo lo que necesitaba oír. Pero no dejes de sonreír –pidió él.

–¿Así? –replicó ella, sonriendo más todavía. Al fin y al cabo, se trataba de aparentar, pensó.

–No tanto –respondió él–. Más soñadora. Como si te saliera del corazón.

Se sonrieron de nuevo. Con calidez. Y, sin previo aviso, Adam le recorrió el escote con la punta del dedo. Ella se sonrojó, mientras su sonrisa se desvanecía.

–Muy bien –dijo él–. Ahora estás actuando como si de veras estuviéramos compartiendo un momento íntimo.

–¿Sí? –preguntó ella, poniéndose tensa.

–Relájate, no lo estropees.

–¿Yo? Eres tú quien se está pasando de la raya –le reprendió ella, apartando la cabeza un poco más.

–Ahora parece que estamos discutiendo –comentó él y, con suavidad, atrajo la cabeza de ella contra su hombro–. Ahora haz como si me estuvieras susurrando cosas dulces al oído.

–No pienso hacer tal cosa.

–Chelsea nos está mirando. No olvides nuestro trato, señorita Branson.

Jenna contuvo el aliento. Se obligó a relajarse y apoyó la cabeza en el hombro de él.

–Así está mejor –señaló él tras un par de minutos.

De inmediato, Jenna apartó la cabeza y lo miró. No quería que él pensara que era una chica fácil a la que pudiera manejar a su antojo.

–Por cierto, no me habías dicho quiénes eran Todd y Chelsea. No sabía que iba a tener que codearme con gente tan rica.

–No pensé que importara –contestó él, con aire sorprendido.

–No importa –mintió ella–. Pero hubiera estado bien saberlo de antemano.

–Lo estás haciendo muy bien. No dejes que te intimiden –le susurró él–. Recuerda el truco de imaginarlos en ropa interior –añadió con sonrisa maliciosa.

Jenna miró al techo con gesto burlón aunque, en el fondo, estaba intentando no imaginarse a Adam en ropa interior. Sin poder evitarlo, le subió la temperatura y se sonrojó.

La canción terminó en ese momento y regresaron a su mesa.

Jenna tomó su bolso y se dirigió al tocador. Necesitaba un poco de espacio para respirar. Se sentó delante del espejo y, respirando hondo, se retocó el carmín de labios. En ese momento, entró Chelsea.

Chelsea sonrió, se sentó a su lado y comenzó a retocarse el pelo.

—Adam y tú parecéis dos tortolitos —comentó Chelsea como si nada.

—¿Ah, sí?

—Tengo que admitir que me sorprendió verte con él —continuó Chelsea—. Llevaba tiempo saliendo con otra mujer.

Jenna ocultó su sorpresa. Adam podía, al menos, haberla puesto sobre aviso.

—Son cosas que pasan —repuso Jenna y se levantó, lista para irse.

—¿Desde hace cuánto tiempo lo conoces?

—El suficiente —contestó Jenna y sonrió—. ¿Y tú? ¿Desde hace cuánto tiempo conoces a Adam, Chelsea?

—Casi un año —repuso la otra mujer—. Todavía estamos conociéndonos.

—¿Qué quieres decir? —preguntó Jenna. Sin duda, Chelsea estaba insinuando algo.

—Eh… nada —repuso Chelsea, como si no hubiera sido consciente de que su comentario la delataba.

Entonces, Chelsea tomó su bolso y se metió en uno de los servicios. ¿Sería tan ingenua como para no darse cuenta de que su interés en Adam era evidente?, se preguntó Jenna.

En la sala, continuó la conversación general, aunque Chelsea estuvo más callada que antes y evitó volver a hablar con Jenna. Con frecuencia, eso sí, le lanzaba a Adam melosas miradas.

Jenna comenzaba a cansarse de estar allí.

—¿Quieres ir a casa ya? —le preguntó Adam a Jenna en un silencio en la conversación.

—¡Todavía no! —exclamó Chelsea, antes de que Jenna pudiera responder—. Venid a nuestra casa para tomar una copa, Adam. Por favor.

–Sí, buena idea. O podemos ir al casino, si prefe-rís –dijo Todd.

A Jenna no le apetecía nada. Quería irse a su casa. Y olvidarse de toda esa gente.

–Gracias, pero es tarde y Jenna y yo tenemos todo el fin de semana por delante –contestó Adam y sonrió a Jenna como si fuera la mujer de sus sueños.

–Oh, pero… –balbuceó Chelsea.

–Cariño, quieren estar solos –la interrumpió Todd, pasándole el brazo por la cintura a su mujer.

–Ah –dijo Chelsea, quedándose seria.

–¿No me digas que te has olvidado de lo que es eso? –dijo Todd y sonrió, mirando a los demás–. Qué pronto se olvidan.

Por primera vez, Jenna tuvo la sensación de que Todd estaba fingiendo. Su sonrisa escondía algo…

Poco después, se despidieron y cada pareja tomó su propia limusina.

–Harry, ve directo a mi casa –ordenó Adam al chó-fer.

–Sí, señor Roth.

–Quiero irme a mi casa, Adam –protestó ella.

–Chelsea y Todd están detrás de nosotros.

–¿Qué? –dijo ella y se giró. La limusina blanca de sus compañeros de mesa estaba allí detrás–. ¿Nos es-tán siguiendo?

–No. Su casa está un poco más allá de la mía.

Jenna miró a Adam con desconfianza, pero él pa-recía estar diciendo la verdad.

–Tomaré un taxi desde tu casa, entonces.

–Harry te llevará después de que tomes algo con-migo.

–Prefiero ir directa a mi casa –insistió ella.

–¿Te da miedo subir a mi casa?

–No.

–¿Te doy miedo yo?

–No –negó ella, pensando que, aunque fuera así, nunca lo admitiría.

Adam la observó un momento en silencio.

–Mira, Chelsea y Todd son aves nocturnas. Puede que se pasen un buen rato buscando un sitio donde ir. No quiero que te vean dentro de un taxi, ni quiero arriesgarme a que te vean sola en mi limusina –explicó él–. Es mejor que esperes un poco en mi casa.

–¿Lo estás inventando todo sobre la marcha?

Adam rió.

–No. Ojalá fuera así. Sé que suena raro, pero compláceme sólo por esta vez.

Jenna pensó en ello. Lo cierto era que no tenía sentido correr el riesgo de que Chelsea y Todd la vieran, aunque hubiera pocas probabilidades de ello. Y, si contrariaba a Adam, era posible que él decidiera no estudiar el caso de Stewart.

–Bueno, tomaré una última copa contigo.

–Bien.

Siguieron el camino en silencio. Jenna sentía la cercanía de él… casi podía saborear su masculino aroma… Su presencia le hacía sentir incómoda.

Al fin, ella lo miró, desesperada por romper el silencio.

–Chelsea me ha dicho que salías con otra mujer.

Él apretó los labios.

–Eso fue hace semanas.

–Entonces, Chelsea debe ponerse al día.

–Debe hacer más que eso –murmuró él con gesto serio–. Chelsea se hizo amiga de Diane, quien se niega a admitir que lo nuestro ha terminado. Por desgracia, Diane, la mujer con la que salía, se ha convertido en su informadora y no tiene ni idea de que Chelsea utiliza lo que le cuenta para sus propios intereses.

Jenna ladeó la cabeza.

—Oye, tu vida es un desastre, ¿no crees?

—Sí, pero no es sólo culpa mía –admitió él y se encogió de hombros–. Creo que son gajes del oficio.

—¿Oficio? ¿Te refieres a ser un Roth?

—A ser un hombre –replicó él con buen humor.

Jenna rió y, de pronto, el coche de Chelsea y Todd los adelantó y tocó el claxon como despedida. La limusina de Adam se detuvo delante de su casa.

—Ponte cómoda mientras sirvo dos copas –invitó él una vez dentro de su ático.

Jenna dejó el bolso en el sillón y salió a la terraza. No tenía intención ninguna de ponerse demasiado cómoda.

Al poco rato, Adam la siguió y se quedaron allí tomando una copa de coñac y disfrutando de la cálida brisa nocturna.

Jenna miró a su acompañante y lo descubrió observándola con un peculiar brillo en los ojos. Ella se quedó sin aliento. Él estaba muy sexy, con la corbata desabrochada.

—Este color te queda muy bien –murmuró él.

Ella respondió sin pensarlo.

—Vinni tiene cosas muy bonitas.

Adam frunció el ceño.

—¿Vinni? No conozco esa tienda.

Ella rió.

—Saint Vicent De Paul. Tienen una cadena de tiendas de segunda mano.

–¿Llevabas un vestido usado? –preguntó él, sin dar crédito.

–Ya que sé que en tu mundo no estáis acostumbrados a eso –dijo ella, sin ofenderse–. Las tiendas están limpias y tienen cosas de buena calidad. Así, la gente puede llevar ropa que de otra manera no podría costearse, y el dinero va destinado a la beneficencia.

Adam se quedó allí, mirándola como si estuviera hablando en otro idioma, y Jenna rió ante su confusión. Aquel tipo no tenía ni idea de cómo era el mundo real, pensó ella. No todo el mundo podía permitirse el champán y el caviar.

Él la observó con intensidad y fijó la mirada en sus labios. Despacio, la atrajo hacia él y posó su boca en la de Jenna. No la tocó con nada más, sin embargo, ella se sintió por completo envuelta por él.

Entonces, Adam le hizo abrir los labios con la lengua. Ella no se resistió, no pudo. Él empezó a deslizar su lengua dentro de la boca de ella, despacio, explorándola, dejándola sin aliento.

Lentamente, Adam se echó hacia atrás, mirándola con gesto cauteloso. Jenna tomó aliento y parpadeó. Los ojos de él se llenaron de satisfacción masculina y ella se puso rígida. No quería darle una impresión equivocada, ni hacerle creer que estaba disponible a su antojo.

–Debería abofetearte.

–Qué dura.

–Que no te abofetee no significa que no lo haga si vuelves a intentarlo –repuso ella con la cabeza bien alta.

–En otras palabras, no quieres que espere que seas mi amante.

–Eso es.

–Me parece justo.

¿A qué diablos estaba él jugando?, se preguntó Jenna.

–Pareces sorprendida –comentó él, arqueando una ceja.

–Lo estoy. No esperaba que te rindieras tan pronto.

–¿Quién dice que me he rendido? –replicó él y sonrió–. Quédate a dormir.

–¿Q-qué? ¿No acabamos de decir…?

–Es tarde. Puedes dormir en la habitación de invitados… Se me acaba de ocurrir que no sería raro que Chelsea se presentara aquí mañana por la mañana para ver si sigues en mi casa.

–Me parece excesivo por su parte –señaló Jenna.

–La verdad es que empiezo a sentirme acosado, sí.

–Quizá sea buena idea que hables con Todd –sugirió Jenna.

–Todavía, no. Espero que, si estoy contigo, ella entrará en razón.

–¿Y si no es así?

–Ya veremos.

De pronto, Jenna se quedó sin argumentos para irse a casa. Dejó su copa sobre la mesa.

–Quiero irme a la cama ya –dijo ella, tratando de aparentar calma e ignorar lo íntimo que había sonado.

Adam asintió, complacido porque ella se quedara.

–Te buscaré algo para dormir.

–Gracias.

–Pero hazme un favor –pidió él–. No enciendas la luz del dormitorio, por si acaso.

–¿Por si acaso qué?

–Por si acaso Todd y Chelsea la ven. Ellos conocen

la casa. Pueden verla desde la calle –explicó él, sin ocultar su incomodidad.

Jenna sintió un poco de compasión por él. La situación estaba obligándole a esconderse de su mejor amigo y su esposa, las dos personas en que alguien como Adam debería poder confiar.

Era extraño tener a una mujer pasando la noche en su casa, pero no en su cama, pensó Adam y se sirvió otra copa de coñac en la terraza. Se sentó en la hamaca un poco más. No quería irse a su dormitorio, pues no podía dejar de pensar en que, en ese momento, Jenna estaría desnudándose y poniéndose la camiseta que él le había prestado.

Intentó no pensar en ella, pero le resultaba demasiado difícil. Había estado tan hermosa en la fiesta y se había comportado con tanta dignidad... Hacía mucho que él no se había divertido tanto con una mujer, reconoció.

Además, después de haberla besado dos veces esa noche, la deseaba con todo su cuerpo. Pero era mejor que dejara de darle vueltas, caviló Adam, o no podría dormir. No iba a ser fácil tenerla cerca durante todo un mes.

Al menos, una cosa lo tranquilizaba. Jenna estaba consiguiendo mantener a raya a Chelsea. Había elegido a la mujer adecuada para ello.

Capítulo Cuatro

La luz del sol despertó a Jenna por la mañana. Estaba en la casa de un hombre que apenas conocía y llevaba puesta su camiseta.

Aquel mero pensamiento hizo que Jenna se levantara de la cama de un salto.

Al recordar el beso que habían compartido en la terraza, su temperatura subió.

Jenna se duchó en el baño de invitados y se lavó los dientes con un cepillo nuevo que encontró en el armario. Por suerte, tenía algo de maquillaje en el bolso. Se arregló y se vistió antes de ir a buscar a Adam al salón. Si no lo encontraba, le dejaría una nota y tomaría un taxi a casa. Lo cierto era que tenía la esperanza de que él no estuviera.

Sin embargo, Adam estaba en la cocina, comiéndose un plato de cereales con fruta. Tenía un aspecto tan limpio y apetitoso que Jenna tuvo ganas de darle un mordisco, pero se esforzó por ocultarlas lo mejor que pudo.

Al oírla llegar, Adam levantó la vista y la observó vestida con el traje de noche.

—Ahh, la mañana después.

—Sí —dijo ella con una mueca.

—De todas maneras, sigues estando preciosa. ¿Has dormido bien?

—Más o menos —contestó ella. Era increíble que

hubiera podido dormir algo, teniendo en cuenta las circunstancias, pensó.

–Espero que no tuvieras miedo de que irrumpiera en tu cuarto.

–La verdad es que no –señaló Jenna–. Por cierto, ¿ha venido Chelsea?

–No, gracias a Dios. Es lo último que necesito –afirmó él, tenso, y se obligó a sonreír–. En cuanto a hoy… ¿Tienes algún plan?

–Depende.

–Tengo que ir a los jardines Carlton esta tarde. Mi familia patrocina una exposición de plantas en la Feria Internacional de Flores y Jardines de Melbourne y prometí que me pasaría por allí, pues mis padres no están. Me gustaría que vinieras conmigo. Podemos dar un paseo por los jardines después. Son bonitos.

Jenna se dio cuenta de que, en el próximo mes, no iba a tener apenas tiempo para ella.

–¿Por qué no me lo habías dicho antes?

Él frunció el ceño.

–¿No tienes nada que ponerte? Pararemos en algunas tiendas.

–No, ése no es el problema.

–¿No te gustan las flores?

–Me encantan las flores, pero tampoco es por eso. No pensé que esto fuera a dejarme tan poco tiempo libre.

–Es buena idea que nos vean juntos después de anoche. Así pensarán que somos pareja.

–Supongo que sí.

–Qué entusiasmo –se burló él.

Jenna lo ignoró, centrando su atención en el periódico que había sobre la mesa del desayuno.

–¿Dice el periódico algo de la fiesta de anoche? –preguntó ella con un poco de ansiedad.

–No. Hay algunas fotos, pero nosotros no salimos.

–Bien –afirmó ella. No le gustaba esa clase de popularidad.

Adam frunció el ceño.

–¿No le has hablado a tus padres de mí?

–Sí lo hice –dijo ella–. Pero sólo les conté que íbamos a ir juntos a la fiesta. No les he dicho nada de Stewart ni del dinero –añadió y, de pronto, se dio cuenta de que había metido la pata–. Maldición. No debí habértelo dicho.

–Estamos en el mismo barco, recuerda –replicó él con seriedad–. Mis padres tampoco saben nada de eso.

–Es cierto –señaló ella. Ninguno de los dos quería lastimar a su familia y a los dos les interesaba mantener el tema en secreto.

–Ven a desayunar –invitó él.

–Gracias, pero no tengo mucha hambre.

–Tienes que comer algo. No querrás desmayarte en la exposición de esta tarde, ¿verdad? Entonces, sí que saldrías en los periódicos –bromeó él.

Jenna se sentó, determinada a no tenerle miedo.

–Bueno, comeré algo de fruta –dijo ella.

–Sírvete tú misma –indicó él, acercándole un plato con fruta troceada y la cafetera.

–Gracias. ¿Lo has preparado tú mismo? –preguntó ella. Le costaba imaginárselo pelando fruta.

–No. Tengo un ama de llaves.

Jenna se concentró en servirse la fruta, pero no pudo evitar preguntarse si él le había dicho al ama de llaves que había alguien en el cuarto de invitados.

–Sí.

–¿Qué? –preguntó ella, levantando la vista hacia él.

–Sí, mi ama de llaves sabía que había alguien en el cuarto de invitados. Le dejé una nota para que no te molestara.

Adam le había leído la mente de nuevo. ¿Tan fácil era adivinar lo que pensaba?, se dijo Jenna.

–Habrá sido toda una novedad para ella –comentó Jenna–. Estoy segura de que no sueles usar mucho el cuarto de invitados.

–Sí, tienes razón –admitió él.

Los dos rieron. Entonces, sus miradas se encontraron. Ella se sintió como si fuera a hundirse en sus ojos...

Después de que hubieron terminado de desayunar, Adam hizo un par de llamadas y ella se dijo que era hora de irse. Él llamó a su chófer para que fuera a buscarla.

–Estate lista a la una –pidió él–. Harry te recogerá.

Jenna estaba lista a la hora convenida, con un vestido de lino sin mangas y una chaqueta veraniega. No tenía por qué arreglarse como si fuera la reina, se dijo.

De todos modos, estaba nerviosa. Si no hubiera quedado con Adam, se habría puesto unos vaqueros y zapatillas de deporte, sin más. Tal vez, habría ido a dar un paseo por los jardines con sus amigas. O con su cuñada y sus sobrinas.

–No te preocupes –le susurró Adam mientras caminaba con ella por uno de los senderos de los Jardines Carlton.

Hasta bien entrada la tarde no pudieron dar un paseo solos por los jardines. Por suerte, Jenna se había puesto zapatos bajos y cómodos, pensó, mientras caminaban entre flores, fuentes y lagos. Adam se había quitado la chaqueta y la llevaba colgada del hombro. Parecía un modelo de revista.

–Hace buen día –comentó ella, fingiendo no darse cuenta de lo atractivo que él estaba.

–¿Te alegras de haber venido? –preguntó él, sonriente.

–Sí, la verdad es que sí –afirmó ella con sinceridad.

–¿Quieres ir a tomar algo al casino? –propuso él después de su paseo–. Podríamos cenar en uno de sus restaurantes.

Sonaba muy bien, pero...

–Tengo que irme a casa.

–¿Por qué?

–¿Necesito una excusa?

–Sí.

Jenna sonrió y él, también. De pronto, ella supo que corría el peligro de bajar la guardia por completo. Y no podía permitírselo.

–Es mejor que me vaya a casa.

–¿Mejor para quién? Cena conmigo, Jenna, si no, tendré que cenar solo –insistió él–. Además, no puedo invitar a nadie más. Chelsea se enteraría.

Entonces, Jenna se recordó que todo aquello era por el bien de Stewart.

–¿Jenna?

–De acuerdo, por qué no –aceptó ella, tras un momento, y siguió caminando, sin mirarlo.

Terminaron jugando a la ruleta en el casino durante un par de horas. Jenna no era una gran jugadora, pero lo estaba pasando bien. Su anterior novio, Lewis, le había llevado allí en un par de ocasiones en que había terminado borracho y montando alguna escena. Estar con Adam era distinto. Él sabía controlarse y parecía estar disfrutando tanto como ella.

Alrededor de las siete, se dirigieron a uno de sus exclusivos restaurantes. El maître saludó a Adam con gran deferencia y los condujo a una mesa en un rincón bastante íntimo. Sin duda, él habría llevado allí a muchas mujeres, pensó ella.

Adam saludó a alguien en una mesa y, luego, sonrió a Jenna como si fuera la mujer de su vida.

–Bien. Pronto Chelsea se enterará de que hemos estado aquí.

–Perfecto –dijo ella, sonriendo.

Adam pidió la comida y, cuando se quedaron a solas de nuevo, sonrió.

–Lo he pasado muy bien contigo hoy, Jenna.

–Ha sido un día agradable –consiguió decir ella.

–Lo digo en serio –insistió él, mirándola a los ojos.

Ella intentó recuperar el aliento.

–Sólo estoy aquí por mi hermano.

–Ahh, es una buena excusa para protegerte de mí –comentó él y se recostó en el asiento.

–No necesito excusas. Puedo protegerme de ti yo sola.

–No me provoques, Jenna.

Ella quiso provocarlo, pero algo le dijo que era mejor no hacerlo.

–No te daré esa satisfacción –dijo ella y se forzó a sonreír al ver que regresaba el camarero.

Después de una comida deliciosa, Adam la llevó a casa e insistió en acompañarla a la puerta. Ella se sintió obligada a invitarlo a tomar un café, pero su tono de voz delataba que prefería que él no aceptara.

Adam aceptó.

–Tienes una casa bonita –comentó él.

–Gracias –dijo ella y se concentró en preparar el café.

–¿Es tuya?

Ella se sonrojó.

–¿Crees que es educado preguntar eso?

–No pretendía ser educado.

–Ya, se me olvidaba que estaba hablando contigo –se burló ella–. Sí, es mía.

No había necesidad de contarle que el pago de la hipoteca la estaba asfixiando.

Mientras tomaban el café, Adam le contó que una vez había salido con una decoradora de interiores que le había pintado grandes margaritas en la pared del salón. De color naranja chillón.

–¿Y no te gustaban? –bromeó ella.

–La historia tiene moraleja –continuó él–. No hay que romper con una mujer hasta que haya terminado de decorar la casa –bromeó y se terminó el café de un trago–. Mañana es domingo. ¿Qué vas a hacer?

–Nada de nada –afirmó ella. Había decidido que el domingo se lo reservaría para sí misma–. ¿No crees que podemos tomarnos un descanso de un día?

Adam la miró con intensidad y ella creyó que iba a mostrarse en contra.

–Necesito tiempo para mí, Adam –explicó Jenna.

Tras un minuto, él asintió y se levantó.

–Bien. Lo entiendo.

–¿Sí? –preguntó ella, sorprendida.

–Todos necesitamos tiempo –señaló él y la besó en la mejilla antes de dirigirse a la salida–. Te llamaré –dijo y cerró la puerta tras él.

***

El lunes por la mañana, la secretaria de Dominic anunció a Adam que Todd había ido a verlo. Adam se inquietó. Su amigo no solía visitarlo en la oficina a menudo.

—Hazlo pasar, Janice, gracias.

Todd entró con actitud segura y confiada.

—Veo que sigues haciendo el trabajo de Dominic.

—No vuelve de su luna de miel hasta dentro de diez días.

—Tu hermano lleva más de un mes en la luna de miel. Parece que le van bien las cosas —comentó Todd.

—Lo sé. Aunque las cosas fueron… difíciles para Cassandra y para él al principio. Ahora han encontrado el amor, al fin, y quieren pasar tiempo a solas y con su hija Nicole —comentó Adam—. Por eso, estoy ayudando un poco aquí. Mi padre no vuelve de Brisbane hasta mañana.

—Bien. Entonces, tendrás el próximo fin de semana libre.

—¿Por qué? —preguntó Adam, cauteloso.

—Chelsea y yo vamos a hacer una fiesta en nuestra casa de vacaciones en Grampians. Queremos que vengas a pasar el fin de semana. Y trae a Jenna. Chelsea insiste mucho en que lo hagas. Creo que tu chica le gustó mucho a mi mujer.

—¿Ah, sí?

—Ya sabes cómo es Chels. Cuando alguien le gusta, casi lo mata con sus atenciones.

—Sí, lo sé —repuso Adam, mordiéndose la lengua.

—¿Entonces vendréis?

–No lo sé –dijo Adam–. Igual Jenna tiene otros planes –añadió, diciéndose que necesitaba un poco de tiempo para pensar si era buena idea.

–Tienes que venir con Jenna, Adam –insistió Todd e hizo una mueca–. Chelsea necesita estar rodeada de personas que le gusten.

–¿Por qué? –preguntó Adam con interés.

Todd se encogió de hombros.

–Lleva un tiempo un poco desanimada.

–¿Por qué?

–Ha tenido algunos… problemas –respondió Todd, titubeando–. Cosas de mujeres, ya sabes.

Adam tuvo la intuición de que había algo más y que no tenía que ver con él. ¡Gracias a Dios! ¿Tendrían problemas conyugales Todd y Chelsea?

Todd se aclaró la garganta.

–Me gustaría mucho que vinieras, Adam.

Adam lo pensó un momento. Si era importante para su amigo, iría.

–Veré qué puedo hacer.

Todd respiró aliviado.

Cuando se quedó a solas, Adam se sentó pensativo. Recordó que, cuando Maddie había muerto, Todd había ido a verlo a su casa para asegurarse de que estuviera bien, le había obligado a levantarse, a vestirse, a comer. Todd había estado con él todos los días cuando había atravesado los peores momentos de su vida. Nadie más lo había ayudado como él. Todd había sido su único amigo.

–Bueno, bueno… ¿Así que tienes grandes planes, no es así? –murmuró Marco Conti, entrando en la habitación donde Jenna estaba trabajando el lunes por la mañana.

Ella intentó no reaccionar. ¿Cómo podían Roberto y Carmen Conti haber criado a un hijo tan despreciable?

–¿A qué te refieres, Marco? –preguntó ella, sin dejar su trabajo.

–Primero, me dejas tirado en las carreras y, luego, vas a la gala del ayuntamiento con Adam Roth, nada menos. Y el domingo te presentas con él en la exposición de flores.

–¿Y?

–No eres tan ingenua como pareces –comentó Marco.

–Marco, no es asunto tuyo con quién salga. Y no te dejé tirado en las carreras. No era una cita contigo.

–Pescar a un Roth es apuntar muy alto –prosiguió él.

–No creo que a Adam le gustara saber que hablas así –dijo ella sin pensar.

–Sólo era una broma, Jenna –dijo él e hizo una pausa–. No hace falta que se lo cuentes.

Vaya. Marco le tenía miedo a Adam. Qué interesante, pensó Jenna.

–No, no hace falta. Pero me gustaría que no esparcieras rumores sobre mí en el trabajo. Estoy segura de que Adam te lo agradecerá.

–Claro.

Jenna suspiró aliviada cuando Marco se fue. No sólo se lo había quitado de encima, sino que mencionar a Adam Roth le había servido de protección.

Sin embargo, pensar en Adam no le hacía sentir demasiado cómoda.

Cuando su madre la había llamado el día anterior

para preguntarle cómo lo había pasado en la fiesta, Jenna había intentando ocultar sus recelos. Sus padres también se habían enterado de que había ido a la exposición de flores con el mismo hombre. Ella les había recordado que no debían contarle nada a Stewart.

Las cosas estaban yendo demasiado deprisa, pensó Jenna. Esperaba que el tema del dinero se aclarara pronto. Así, podría dejar de ver a Adam, para que sus padres no se hicieran ilusiones ni pensaran que tenía una nueva pareja.

Sobre las siete y media de la tarde, Adam se pasó por casa de Jenna.

—¿Te apetece salir a tomar algo? —propuso él y entró.

—¿Tengo que hacerlo?

Adam se giró y la miró ofendido.

—Lo siento, no pretendía ser grosera. Es que no me gusta salir hasta el fin de semana —explicó ella.

—Bien. A mí tampoco me apetece mucho. Sólo pensé que igual tú querías.

—¿Acabas de salir de trabajar?

—Sí —afirmó él y se aflojó la corbata un poco.

—¿Has comido?

—Todavía, no.

—Yo, tampoco. He hecho pasta y hay bastante para los dos, por si quieres quedarte a cenar.

—¿No te importa?

—Tú me has invitado muchas veces. Supongo que puedo devolverte el favor —repuso ella, sin mucho entusiasmo.

—Con una invitación como ésa, ¿cómo iba a negarme? —dijo él, sonriendo.

Jenna sonrió también y se giró para ir a la cocina.

—¿Quieres un vaso de vino? —ofreció ella, inten-

tando sonar calmada. El pulso, sin embargo, le iba a
cien por hora.

–No, gracias. Si bebo alcohol ahora mismo, es probable que me quede dormido –dijo él–. Y si eso pasara, tendrías que acostarme.

Jenna lo miró sin sonreír.

–¿Por qué dices esas cosas? No tenemos audiencia.

–Me gusta hacer que te sonrojes.

–Si me sonrojo, es de rabia.

Adam la miró con ojos brillantes, sabiendo que
ella mentía.

–Me gusta saber que tengo influencia en una mujer… igual que ella me influye a mí.

–Adam… –le advirtió ella. Le tendió un mantel y
cubiertos–. Toma. Pon la mesa.

Adam rió y obedeció. Suspirando aliviada, Jenna
terminó de preparar la comida. Enseguida, se senta-
ron a la mesa.

–Estaba muy rico –comentó Adam, que apenas había hablado durante la cena. Luego, se recostó en el
asiento, pensativo.

–Pareces cansado.

–Quería decirte algo y estaba esperando a que ter-
mináramos de comer.

–¿Tienes el dinero? –preguntó ella, esperanzada.

–No.

–Ah.

–Mis abogados están estudiando el caso.

Jenna asintió, tensa.

–¿Entonces qué quieres decirme?

–Todd ha venido a verme a la oficina. Chelsea y él
van a celebrar una fiesta el fin de semana. Quieren
que vayamos.

–Bueno –aceptó Jenna tras un momento.

–Es en Grampians, en su casa de vacaciones.

–¿Qué? ¡Eso está muy lejos!

–A unas tres horas. Tendríamos que quedarnos a dormir.

–¿En la misma habitación?

–Casi seguro.¿Tan horrible te parece?

A ella se le encogió el estómago.

–No se trata de eso, Adam.

–Al menos, no niegas que te gusto.

–Yo…

–Los dos somos adultos, Jenna. No haremos daño a nadie si damos un paso más y dormimos juntos.

–Hacer el amor no era parte del trato –repuso ella–. Iré a pasar el fin de semana, incluso compartiré habitación contigo. Pero no voy a dormir contigo.

Adam se encogió de hombros con gesto de indiferencia.

–Bueno, yo lo he intentado.

Jenna se sorprendió a sí misma al sentirse decepcionada porque él se hubiera rendido tan pronto. ¿O sería sólo un truco? ¿Estaría jugando con ella nada más?

–Había pensado ir el sábado por la mañana en vez del viernes por la noche. Podemos volver el domingo después de comer. Así sólo tendríamos que compartir cuarto una noche –señaló él, sonriendo–. Aunque a mí eso no me preocupa.

Esa noche, después de que Adam se fuera, Jenna tuvo muchas dificultades para dormir. Compartir habitación con él podía ser demasiado para ella, aunque sólo fuera una noche.

Capítulo Cinco

Cuanto más cerca estaban del parque nacional Grampians, más aprensiva se sentía Jenna.

–No estoy segura de que esto sea buena idea, Adam.

–Relájate.

¿Relajarse? Él tenía un aspecto demasiado atractivo como para que ninguna mujer pudiera relajarse a su lado.

–¿Por qué no le dijiste a Todd que no podíamos ir? Podías haberle dicho que tenías que trabajar.

–Tú aceptaste hacer esto.

–Lo sé, pero…

–Reconócelo, Jenna.

–Sí –dijo ella y suspiró.

Al fin, entraron en un camino de tierra a las afueras de un pueblo, que los condujo a unas puertas abiertas escoltadas por dos pilares de piedra.

Jenna abrió los ojos como platos al mirar hacia delante.

–¡Cielos! ¿Ésa es su casa de vacaciones? ¡Es toda una mansión!

–Les gusta salir de la ciudad en vacaciones –comentó él, encogiéndose de hombros.

–Ya. A mucha gente le gusta, pero pocos pueden permitirse tener más de una casa, y menos una como ésta.

–Lo sé.

–No creo que lo sepas –insistió ella–. Tu familia también tiene una casa de vacaciones lejos de la ciudad. Creo haber leído en una revista que tenéis un yate…

Adam no parecía a gusto con el interrogatorio.

–Se llama Lady Laura, por mi madre –dijo él e hizo una pausa–. Y tenemos una casa al norte de Queensland. Está en una playa privada.

–Un retiro tropical –se burló ella–. Qué agradable. Todo el mundo debería tener uno –añadió. Sabía que eran los nervios los que le hacían hablar, pero no podía parar.

–Parece que te molesta la gente que tiene dinero –comentó él aparcar delante de la casa.

–Cuando es a costa de otras personas, sí me molesta –replicó ella.

–Sé que estás nerviosa, pero hazme un favor. No discutamos delante de la gente.

–¿O?

–No te gustaría el resultado.

–¿Es una…?

Alguien abrió la puerta de Adam. Chelsea metió la cabeza dentro.

–Bienvenido, Adam –saludó Chelsea y lo agarró del brazo.

Todd abrió la puerta del copiloto.

–Bienvenidos a nuestro humilde retiro, Jenna –saludó Todd, sonriendo.

–Gracias, Todd.

–¿Habéis tenido buen viaje? –preguntó Todd a Jenna.

–Sí, el camino es muy bonito –repuso Jenna y lanzó una mirada reprobatoria a Adam, recordando su conversación sobre la riqueza.

Adam le devolvió la mirada.

–¿Va todo bien? –quiso saber Chelsea, percatándose de la tensión que había entre los dos.

–Jenna se marea un poco en el coche –mintió él–. ¿Te sientes mejor ya, cariño?

–Un poco –contestó ella y carraspeó.

Chelsea sonrió.

–¿No quieres tumbarte un poco antes de comer, Jenna? Aún quedan unas horas. Nosotros cuidaremos de Adam, no te preocupes por eso.

Jenna sabía que era Chelsea quien cuidaría a Adam personalmente, pero sonrió también, agradecida por la oportunidad. Evitó mirar a Adam.

–Sí, creo que me gustaría tumbarme un poco –repuso Jenna, pensando que le sentaría bien estar un tiempo lejos de él… de todos ellos–. ¿Seguro que no te importa, Chelsea?

La otra mujer resplandeció.

–Claro que no –aseguró Chelsea y, en un momento, llegó junto a Jenna y la tomó del brazo–. Algunos invitados han llegado ya, pero no te des prisa. Tómate todo el tiempo que quieras.

Enseguida, entraron en la casa y Chelsea le encargó al ama de llaves que se ocupara de Jenna. Luego, se llevó a Adam a la otra punta de la casa, donde estaban los demás invitados. Jenna podía haberse sentido molesta porque se deshiciera de ella con tanta astucia. Sin embargo, sólo sentía agradecimiento por poderse retirar a su habitación. Además, le estaba bien empleado a Adam por haber intentado amenazarla.

Entonces, Jenna vio la cama de matrimonio. Cielos, pensó.

***

–Hora de comer, Jenna.

Jenna abrió los ojos y se encontró de frente con Adam. Parpadeó, nerviosa al pensar que él había estado observándola, y se incorporó en la cama.

–Ojalá no me hubieras despertado –protestó ella, intentando ocultar lo mucho que él la afectaba.

–Ni hablar. Te has escabullido un rato. Ahora quiero que me acompañes.

–¿Chelsea ha estado acosándote?

–Algo así.

De pronto, Jenna se sintió culpable por no haber estado con él. Había acordado ayudarlo con Chelsea y eso era lo que tenía que hacer.

–¿Qué plan hay para esta tarde? –preguntó ella, saliendo de la cama.

–Después de comer, descansar en la piscina.

–No vamos a nadar, ¿verdad? No he traído el bañador –replicó ella, preocupada.

–Seguro que pueden prestarte uno.

–No hace falta. Me parece que hoy no me bañaré –dijo ella y lo miró con picardía–. Además, todavía me siento un poco mareada por el viaje en coche.

–Pues yo tampoco me bañaré. No quiero ponérselo en bandeja a Chelsea.

Jenna asintió, aliviada por no tener que ver a Adam en bañador. También sería mejor así para Chelsea. Si no, se lo comería vivo con los ojos. Y Todd podría darse cuenta.

–Iré a arreglarme –dijo ella y entró en el baño. Cuando salió, Adam estaba sentado en la cama, esperándola–.

¿Voy bien así? –preguntó ella, señalando su vestido sin mangas y sus sandalias de tacón bajo.

–Estás preciosa –respondió él, se puso en pie y se acercó, mirándola con intensidad.

–Ni lo intentes –advirtió ella, levantando una mano.

–¿Intentar qué?

–Besarme.

–No iba a hacer eso –negó él y se dirigió a la puerta–. Si no, no llegaríamos a tiempo a la comida.

Bajaron al comedor juntos. Jenna observó con alivio que había otras seis parejas invitadas. Todos parecían muy agradables.

Comieron en una zona sombreada junto a la piscina. En varias ocasiones, Jenna se dio cuenta de que Chelsea miraba a Adam. También, le pareció ver que, a veces, Todd miraba a su esposa con gesto desolado, aunque no parecía darse cuenta del interés que ella tenía en Adam. Al parecer, el matrimonio debía de tener algún problema que, tal vez, no tenía nada que ver con Adam, pensó ella.

Adam se mostró atento en exceso, por otra parte, haciendo creer a todos que eran amantes.

–Cariño, toma este bocado –dijo él, llevando a la boca de ella un pedazo de salmón ahumado.

–No, mejor, no. Estoy llena –dijo ella.

–Pero está delicioso, cariño –insistió él, vengándose porque lo hubiera abandonado al llegar.

–Lo sé. Ya lo he probado –contestó Jenna y se percató de que los demás los miraban.

–No quiero tirarlo…

«Pues cómetelo tú», quiso responder ella, pero se tragó su orgullo y dejó que él le metiera el tenedor en la boca.

–Buena chica –dijo Adam, mirándola con un brillo burlón.

Adam siguió comportándose del mismo modo cuando llegaron los postres. Lo que más le costaba a Jenna era no encogerse cada vez que él la tocaba o le susurraba algo. Sin embargo, en secreto, disfrutaba siendo el blanco de sus atenciones. Lewis rara vez había sido atento con ella.

Después de un descanso, Chelsea, con su cuerpo imponente, intentó convencer a Adam de que fuera a nadar.

–No, no me apetece –dijo él y le dio la mano a Jenna, que estaba tumbada en la hamaca a su lado–. Jenna y yo estamos bien aquí.

Chelsea sonrió, pero Jenna se dio cuenta de que estaba furiosa.

La tarde iba pasando. Jenna y Adam estaban bastante relajados, hasta que Chelsea se sentó junto a Adam y comenzó a llamar su atención, fingiendo ser sociable.

Por eso, fue un alivio cuando todo el mundo se dispersó para prepararse para la cena. Mientras seguía a Adam al dormitorio, Jenna se dio cuenta de que aún quedaban algunas horas para que tuvieran que bajar a cenar. De pronto, le preocupó qué podían hacer los dos solos, mientras. Compartir la cama no era una opción.

Adam se dejó caer en el colchón y gimió.

–Cielos, esa mujer me deja agotado.

–Échate una siesta –propuso Jenna.

–¿No te importa?

–No. Iré abajo y buscaré un libro que pueda leer.

–No puedes.

–¿Por qué?

–Se supone que somos amantes. Y te aseguro que yo no te dejaría bajar a ninguna parte si fuera así. Estaríamos haciendo el amor.

A ella se le encogió el estómago.

–Entonces, iré a la salita. Hay algunas revistas allí.

–Puedes acostarte conmigo, si quieres –propuso él con un brillo en los ojos.

–No quiero.

–Es una pena.

Jenna se giró para mirarlo antes de salir del dormitorio y vio que él tenía los ojos cerrados. Al parecer, se había quedado dormido.

En vez de tomar las revistas, ella salió al balcón y se quedó allí tomando en sol y mirando hacia las montañas. Su pulso tardó un rato en estabilizarse, pero al fin las hermosas vistas y la limpia brisa le dieron el respiro que tanto necesitaba.

De pronto, se le ocurrió una idea para un nuevo diseño. Debía haber traído su cuaderno de dibujo, pensó ella, pero había dado por hecho que no iba a tener tiempo.

Entonces, Jenna recordó que había visto un cuaderno de notas junto a las revistas. Corrió dentro y se sentó ante la pequeña mesa. Quería dibujar lo que se le había ocurrido antes de que se le olvidara.

El tiempo se desvaneció mientras estaba allí sentada. Fue la voz de Adam lo que la sacó de su concentración.

–¿Qué estás haciendo?

Ella se giró para mirarlo y se quedó sin aliento cuando lo vio despeinado, recién despertado.

–Tengo una idea para un diseño.

Él observó los papeles que había esparcidos por la mesa.

—Parece que has hecho más de uno —comentó él.

Jenna se encogió de hombros.

—Creo que me he dejado llevar.

—Enséñamelos.

Jenna bajó la vista al diseño que casi había terminado y, luego, volvió a posar los ojos en Adam.

—Son sólo bocetos —dijo ella, recordando lo poco que le habían interesado a Lewis sus diseños.

—Pero me gustaría verlos.

Él parecía sincero, así que Jenna asintió.

—Adelante.

Adam se quedó un minuto allí parado, observándolos. Jenna reconoció para sus adentros que le importaba lo que él pensara, muy a su pesar.

—Son muy buenos.

—¿Eso crees? —preguntó ella, encantada.

—Claro que sí. Roberto tiene mucha suerte de que trabajes para él.

—Gracias —dijo Jenna. Significaba mucho para ella que Adam, con un gusto tan cultivado y exquisito, apreciara su trabajo. Entonces, percibió un brillo especial en sus ojos y se puso en pie de un salto—. Voy a darme una ducha —señaló y, al ver que la mirada de él se oscurecían de deseo, añadió—: Sola.

—Sólo iba a decir que yo me ducharé después —repuso él, sonriendo.

Tal vez, él no lo admitía, pero no era eso lo que estaba pensando, adivinó ella.

Al pasar por delante de la cama, Jenna observó las huellas que el cuerpo de él había dejado en el colchón y se estremeció al pensar en lo íntimo que era todo. Nerviosa, guardó sus bocetos en la maleta y se metió en el baño.

Cuando salió del baño diez minutos después, Jenna seguía sintiéndose extraña por compartir la habitación con un hombre que no conocía. Adam estaba sentado en la cama, apoyado en las almohadas y leyendo una revista sobre yates. Él levantó la cabeza al verla salir con un albornoz. Ella se había recogido el pelo en una cola de caballo y se había quitado el maquillaje. Por cómo Adam la miró, ella pensó satisfecha que no debía tener tan mal aspecto así.

Jenna comenzó a doblar su ropa sobre la cómoda, para mantenerse ocupada.

–Chelsea me ha dicho que esta noche vendrán algunos políticos locales –comentó ella, intentando ocultar sus nervios.

–No me sorprende. A Chelsea y a Todd les gusta socializarse –observó él y dejó la revista.

–Bueno, me alegro de haber traído ropa adecuada.

–Estás preciosa con cualquier cosa –comentó él–. Aunque seguro que también estás espléndida sin nada.

Ella se quedó paralizada. Él la miró con ojos ardientes, dejándola sin respiración.

Sin decir más, Adam se levantó y… entró en el baño y cerró la puerta.

Jenna se sintió decepcionada y avergonzada. Maldición. Él lo había hecho a propósito para provocarla.

En cuanto escuchó el sonido de la ducha, Jenna se apresuró a entrar en el vestidor y se vistió con una falda negra larga y una blusa de seda color lila. Se puso el maquillaje en el tocador y lo completó con un par de pendientes que había diseñado ella misma.

Al verlo salir del baño con una toalla alrededor de

la cintura nada más, Jenna se sonrojó y tragó saliva. Ella apartó la vista y se encerró en el baño a todo correr.

No necesitaba ponerse colorete, se dijo, mirándose al espejo del baño.

Cuando Jenna salió, Adam se estaba poniendo la chaqueta, terminando de vestirse delante de ella con toda la naturalidad del mundo, como si fueran amantes de toda la vida.

Entonces, él se giró, la miró y se acercó a ella con tres largas zancadas.

Adam inclinó la cabeza y, sin resistirse, ella abrió la boca. Él la besó en profundidad, haciendo que se derritiera.

Al fin, cuando Adam terminó el beso, Jenna estaba temblando.

—Déjame adivinar. Lo has hecho para que la gente que no puede vernos piense que somos amantes —dijo ella, tras tragar saliva.

—No, lo he hecho porque he querido.

Capítulo Seis

Abajo, Adam observó a Jenna mientras ella hablaba con una pareja de invitados. Ella le lanzó un par de miradas fugaces y se sonrojó.

Adam estaba satisfecho. Después del beso, no tenía duda de que ella caería en sus brazos antes de que terminara la noche. Él sabía reconocer cuándo una mujer estaba ganada.

—Adam, ¿no crees que lo que dice William es muy interesante? —preguntó Chelsea, llamando su atención.

—Claro —repuso él con cortesía.

Chelsea lo había apartado de Jenna con el pretexto de presentarle a alguien. Cielos, estaba harto de esa mujer. Si no fuera por Todd, no tendría reparos en pararle los pies. No le gustaba que jugaran con él de esa manera.

—William tiene una gran colección —dijo Chelsea.

—¿De veras? —replicó Adam, sin el menor interés en la colección de mariposas del otro hombre. Él prefería coleccionar mujeres… y Jenna era una de ellas.

Justo entonces, Adam se dio cuenta de que Jenna se quedaba sola. Estaba a punto de acercarse a ella cuando otro hombre se le adelantó, como si hubiera estado esperando la oportunidad. Jenna sonrió al extraño.

Adam se excusó en cuanto pudo y se acercó a ella.

—Aquí estás, querida —murmuró Adam, pasándole un brazo por la cintura a Jenna.

–Eh… éste es Franklin –presentó Jenna y apartó la mirada.

–¿Qué tal estás, Frank?

–Me llamo Franklin.

–Pues Franklin –dijo Adam y sonrió un momento a Jenna–. Veo que mi chica ha estado acompañada.

–Acabamos de conocernos –explicó Franklin, tenso–. Si me perdonáis, tengo que saludar a una persona –añadió y se alejó.

–¿Por qué has hecho eso? –le reprendió Jenna a Adam en un susurro.

–¿El qué?

–Asustar a Franklin. Igual yo quería conocerlo mejor.

–No mientras estés conmigo, cariño –susurró él y le dio un trago a su copa.

–Para. No es necesario que me llames así en privado.

–Sólo estoy representando un papel –dijo él.

–Estás pasándote un poco. Sólo estaba hablando con ese hombre y tú te comportas como un amante celoso.

–¿Acaso no se trata de eso? –le recordó él, arqueando una ceja.

–Sí, claro –aceptó ella y suspiró.

Otra pareja se acercó para hablar con ellos y el resto de la velada se desarrolló sin más incidentes. Adam se negó a apartarse de ella, incluso cuando Chelsea intentó llevárselo.

Al fin, los invitados comenzaron a dispersarse, mientras Chelsea y Todd los despedían en la puerta. Adam se dio cuenta de que Jenna se iba poniendo cada vez más nerviosa, pues se acercaba la hora de ir a la cama. Pero ella no tenía por qué preocuparse. Nunca forzaría a una mujer a acostarse con él, aunque si ella quería...

—Vamos, cariño, es hora de ir a la cama –dijo él, tomándola del brazo.

—Oh, pero...

—Es un ave nocturna –bromeó Adam delante de los demás–. Buenas noches a todos –se despidió y salió del salón con ella del brazo.

Nada más entrar en el dormitorio, Jenna se apartó de Adam.

—Tú puedes dormir ahí –indicó ella, señalando al sofá que había en la salita.

—No.

—No vas a acostarte conmigo –afirmó ella, tratando de sonar firme y de no revelar lo mucho que él la atraía.

—¿Entonces no vas a dormir en la cama? –se burló él.

Jenna lo observó mientras él se quitaba la corbata con tranquilidad, como si estuviera acostumbrado a desvestirse delante de ella.

—Deberías portarte como un caballero y dormir en el sofá –insistió ella, tras tragar saliva.

—Lo siento. Me gusta demasiado la comodidad –dijo él y se quitó la chaqueta–. De todas maneras, la cama es lo bastante grande para los dos.

—Esta habitación no es lo bastante grande para los dos –murmuró ella.

Adam se acercó y la tomó de los brazos.

—Me deseas, Jenna –dijo él con voz suave–. Sé que es así. Demuéstrame cuánto.

A ella se le encogió el estómago. No estaba segura de por qué se resistía tanto. Quizá porque no quería ser una más en la colección de Adam, igual que le había pasado con Lewis.

–Mañana me arrepentiría –señaló ella y levantó la barbilla.

Adam se puso serio y se giró de pronto para ir al baño.

–Voy a lavarme los dientes y acostarme. Duerme donde quieras.

La puerta del baño se cerró y ella se quedó allí un momento, tambaleante. Pero había hecho lo correcto, se dijo a sí misma.

Jenna tomó el edredón y una de las almohadas y las puso en el sofá. En cuanto Adam salió del baño, ella entró con su neceser a toda velocidad, viendo sin querer que él se había desabotonado la camisa.

Con manos temblorosas, Jenna se puso el camisón y la bata y se desmaquilló. Salió con la cabeza bien alta y se encontró con que él estaba sentado en la cama, apoyado en el cabecero con las manos detrás de la cabeza. Tenía el pecho desnudo y ella casi se tropezó al verlo.

–No te preocupes, llevo los pantalones del pijama –dijo él con sarcasmo.

–Bien.

–Aunque no suelo ponérmelos. Por lo general, prefiero...

–No importa –lo interrumpió ella, sin querer escucharlo decir que solía dormir desnudo.

Jenna puso su ropa doblada sobre la cómoda y se fue al sofá. Sintió como él la miraba mientras colocaba la almohada.

–¿No crees que es ridículo que duermas allí?

–No –negó ella, enderezándose.

–No vas a pegar ojo si te acuestas en el sofá.

–Si me acuesto contigo, tampoco –repuso ella, extendiendo el edredón.

–Mira, podemos poner unas cuantas almohadas en medio, si así te sientes mejor.

–¿Lo harías?

–Sí.

–Ya. ¿Pero puedo confiar en ti? –preguntó ella, haciendo una mueca.

–Claro…

De pronto, alguien llamó a la puerta. Los dos se quedaron petrificados.

–Adam –llamó Chelsea–. Sólo quería comprobar que todo va bien.

–Ven aquí –susurró él a Jenna, haciéndole un hueco en la cama–. Y quítate la bata.

Jenna se quedó un momento paralizada. ¿Meterse en la cama con él? ¿Quitarse la bata?

–Vamos, date prisa –dijo él en voz baja, irritado porque ella no se movía–. No lo estropees ahora.

Al fin, Jenna digirió sus palabras. Dejó caer el edredón y obedeció. En un instante, Adam la tomó entre sus brazos, sin dejarla reaccionar.

–¿Adam? –llamó Chelsea de nuevo, más alto en esa ocasión.

–Chelsea, todo va bien.

La puerta se abrió y Chelsea asomó la cabeza.

–Sólo quería comprobar… –comenzó a decir Chelsea y miró hacia la cama.

Incómoda, Jenna intentó apartarse un poco de Adam, pero los brazos de él la apretaban con fuerza contra su pecho desnudo. Entonces, se dio cuenta de que él trataba de actuar como si Chelsea acabara de interrumpir algo.

Chelsea se sonrojó un poco y apartó la mirada. Entonces, se fijó en las almohadas colocadas sobre el sofá y en el edredón en el suelo. Adam se puso tenso.

—¿No queréis el edredón? —preguntó Chelsea, frunciendo el ceño.

—No, tenemos bastante calor así —se apresuró a responder Jenna.

Adam rió al escucharla y ella, al darse cuenta de lo que había dicho, se sonrojó.

—Ah. Bueno —dijo Chelsea y titubeó—. Llamadme si necesitáis algo.

—Lo haremos —dijo Adam—. Buenas noches, Chelsea.

—Buenas noches —repuso Chelsea y cerró la puerta.

Jenna quiso, de inmediato, apartarse, pero él no la soltó.

—Shh. Estate quieta. Chelsea sigue así.

—¿Crees que piensa volver?

—Con Chelsea, nunca se sabe.

—Tenemos que echar el cerrojo.

—Buena idea —murmuró él. Pero no se movió.

—Esto… la puerta —repitió ella y esperó a que Adam la soltara.

—¿De verdad quieres dormir sola, Jenna?

Al mirarlo a los ojos y respirar su aroma tan masculino, sintiendo el calor de su cuerpo, Jenna tuvo dificultad para pensar con coherencia.

—Um… debería.

—¿Deberías? —preguntó él y le acarició el brazo con la punta del dedo—. ¿Sabes lo hermosa que eres?

–No –dijo ella, acelerándosele el corazón.

–Quiero hacerte el amor.

Al oírselo decir en voz alta, tan pegados, Jenna soltó un grito sofocado. Aquello era muy peligroso, se dijo. Debía salir de la cama cuanto antes. Se apartó de él.

–¿Jenna?

Ella se detuvo. Su suave voz estaba causando el efecto deseado, dejándola sin resistencia. ¿A quién quería engañar?, se preguntó. No quería que él la soltara. Le deseaba tanto como él a ella.

–Yo también te deseo –admitió Jenna en un susurro.

–¿No lo lamentarás mañana? –preguntó él, con ojos encendidos de pasión.

–No lo lamentaré.

–No te muevas –dijo él tras una pausa y salió de la cama.

Adam cerró la puerta con llave y volvió junto a ella. Su erección era obvia debajo de esos pantalones de pijama y ella se derritió al verla. Él hizo un movimiento para quitárselos.

–Todavía, no –pidió Jenna.

–No suelo hacer el amor con los pantalones puestos –bromeó él.

–No estoy acostumbrada a… situaciones como ésta –confesó Jenna con un nudo en la garganta. Había tenido sólo un par de amantes en su vida, pero nunca antes había sentido una atracción tan fuerte como en ese momento.

–¿Me deseas, Jenna? –preguntó él con gesto serio.

Ella respiró hondo. No necesitaba pensar la respuesta.

–Oh, sí, Adam. Te deseo.

–Entonces, cuando estés preparada, quítame tú los pantalones –susurró él, apagó la luz de la mesilla y se metió en la cama a su lado.

Jenna se estremeció entre sus brazos. Se alegraba de que él hubiera apagado la luz. Podían verse en la penumbra con los rayos de luna que entraban por la ventana, pero poco más. Ella no quería que él pudiera ver en su interior.

Ocultarle la forma en que su cuerpo reaccionaba era imposible. Sin embargo, no quería que él descubriera lo mucho que le hacía sentir con una sola caricia, con una simple sonrisa. Ningún hombre le había hecho sentir nada parecido jamás.

Y Jenna temía que, si Adam sabía lo mucho que le gustaba, pudiera utilizarlo contra ella y no solucionar el tema del dinero de su hermano.

Cielos, estaba pensando demasiado, se dijo Jenna, y decidió dejar de lado sus temores y sumergirse en los besos de su compañero de cama. Ella gimió cuando él deslizó la lengua entre sus labios… y la dejó sin aliento, temblando.

Adam se tomó su tiempo para jugar con su lengua. Sin embargo, al fin tuvo que apartar los labios para tomar aire. Entonces, posó la mirada en el hombro de ella y, muy despacio, con un dedo, le quitó el tirante del camisón. Hizo lo mismo con el otro lado y, luego, apartó un poco la cabeza para contemplar sus hombros desnudos.

Adam gimió y la besó de nuevo, recorriéndole el contorno con las manos, por encima del camisón. Jenna sintió que la sangre se le convertía en sirope caliente. Sus pezones erectos le suplicaban que agachara la cabeza y los lamiera. En vez de eso, Adam se puso de rodillas y le levantó el borde del camisón, deslizando su tejido sedoso por encima de la cabeza de ella. La dejó sólo con las braguitas y la contempló con mirada incandescente, haciendo que a ella le quemara cada centímetro del cuerpo. Jenna sintió que le daba vueltas la cabeza.

Entonces, Adam posó las palmas de las manos sobre sus pechos, trazando círculos sobre ellos y ella gimió cuando llegó a los pezones. Jenna apoyó la cabeza en las almohadas, dejando que él se sirviera a gusto y deleitándose con sus caricias.

De pronto, Jenna tuvo deseos de verlo a él también. Y de tocarlo. No estaba acostumbrada a tomar la parte activa ni había tenido nunca tantos deseos de tocar a un hombre… o de saborear cada milímetro de su cuerpo… Sin querer darle más vueltas, se dejó llevar por el momento y se puso de rodillas también, colocándose frente a frente con él.

Ella fue la primera en alargar una mano, un poco sorprendida porque él le dejara tomar la iniciativa. Deslizó los dedos con lentitud sobre el pecho húmedo y caliente de él, deteniéndose sobre su corazón y jugando con los rizos de su vello.

—Me sorprendes —dijo él con voz ronca y alargó las manos para tocar el torso de ella—. Pensé que eras tímida.

—Pues te equivocaste —repuso ella, acariciándole el estómago, fuerte y musculoso.

—¿Me equivoqué? —dijo él con un brillo en los ojos.

Entonces, con increíble destreza y precisión, Adam introdujo un dedo debajo de las braguitas de ella y más debajo de sus rizos, entrando en su parte más íntima. Ella se estremeció cuando él comenzó a acariciarle y echó la cabeza hacia atrás. Las rodillas comenzaron a temblarle.

–No, no creo que estuviera equivocado –dijo él, riendo.

Jenna encontró las fuerzas para enderezarse. Aquello se había convertido en un juego para ver quién sucumbía primero. Ella sabía que no podía ganar, pues él era todo un experto, pero al menos lo intentaría…

–Pues yo sí lo creo –murmuró ella.

A continuación, Jenna deslizó los dedos dentro del pantalón de él muy despacio, para bajárselo. Se deleitó contemplando sus masculinas caderas, el vello rizado de su pubis, su poderosa y enorme erección, lista para tomarla y consumirla por completo.

Jenna alargó la mano y rodeó el miembro de él. Empezó a acariciarlo.

–Oh, sí, muy equivocado.

Sin previo aviso, Adam la tumbó sobre el colchón.

–Eh, eso no es justo –protestó ella.

–Y a mí qué me importa –susurró él.

Entonces, Adam se deshizo por completo de sus pantalones de pijama y de las braguitas de ella. Sus besos se volvieron más hambrientos y más profundos. Le recorrió todo el cuerpo a su amante, tocándola en los puntos exactos para que ella estuviera a punto de perder la cabeza.

–Adam, por favor –rogó ella cuando él se frotó entre sus muslos–. Te necesito.

–Shh –dijo él y alargó la mano hacia la mesilla de noche para tomar un preservativo de su cartera.

–¿Sabías que me acostaría contigo? –preguntó ella. Sin embargo, no estaba enfadada. ¿Cómo iba a estarlo? Lo único que quería era que él la penetrara.

–Lo esperaba.

Adam se colocó el preservativo y comenzó a entrar dentro de ella. Sus arremetidas eran lentas y calculadas, y provocaban sensuales oleadas de placer en el cuerpo de ella.

Y, cuando al fin Jenna se entregó sin remisión a los brazos del placer, Adam lo hizo también y los dos se entrelazaron en un viaje de placer imparable hasta alcanzar el clímax juntos.

Capítulo Siete

A la mañana siguiente, Adam estaba tumbado en la cama junto a Jenna, observando cómo ella dormía entre sus brazos. Le sorprendió desearla otra vez, tan pronto y con tanta intensidad. Sí, él era un hombre con un saludable apetito sexual, pero cuando se despertaba con una mujer en la cama solía estar un tanto decepcionado.

Sin embargo, con Jenna, se sentía completo… como si ella satisficiera algo esencial dentro de él.

La última vez que había sentido lo mismo había sido con Maddie.

¡Maldición! Adam cerró los ojos de nuevo, intentando bloquear sus recuerdos de su difunta esposa. No era ni el momento ni el lugar para pensar en la mujer que le había enseñado lo que era el amor.

Cuando abrió los ojos tiempo después, Adam se encontró con que Jenna lo estaba mirando.

–Veo que no te levantas temprano.

Adam rió y se apretó contra ella.

–Yo no diría eso. Algunas partes de mi cuerpo están muy levantadas.

–No me refería a… –comenzó a decir ella, sonrojándose al notar su erección.

–Muéstrame a qué te referías.

Jenna lo tocó y su juego sexual comenzó de nuevo, llenándolos de placer.

Después, se ducharon juntos, hicieron el amor de nuevo, se vistieron y bajaron.

Adam tenía que admitir que Jenna lo había sorprendido. Otras mujeres querían hablar y descifrarlo todo después de hacer el amor, como si buscaran una declaración de amor o de compromiso. Pero Jenna parecía conformarse sólo con estar con él.

Y, cuando entraron en el comedor para desayunar y vieron allí a Chelsea y a Todd, Jenna no hizo ningún tipo de alarde, como solían hacer las mujeres con las que Adam se acostaba, queriendo que todos supieran que él las había elegido como amantes. En cierta manera, sin embargo, él deseó que lo hiciera. Para eso estaban allí, después de todo.

¿Pero cómo ponerle reparos a Jenna cuando ella le estaba demostrando una nobleza de carácter digna de admiración?

–Buenos días –saludó él y le sacó una silla a Jenna.

Durante un momento, la otra pareja se quedó allí sentada en silencio y Adam percibió una clara tensión.

–Buenos días. ¿Habéis dormido bien? –preguntó Todd con una sonrisa forzada.

–Sí. ¿Y vosotros? –repuso Adam, sentándose junto a Jenna.

–Genial –dijo Todd y apretó los labios–. El aire del campo me hace dormir como un tronco.

–Me alegro de que por lo menos uno de los dos durmiera –intervino Chelsea.

Su comentario sorprendió a Adam. Jenna también se quedó perpleja.

–Chels… –dijo Todd con tono de advertencia.

Por un momento, Chelsea lo miró como si estuviera a punto de soltar otra impertinencia pero, al parecer, tuvo en cuenta que no estaban solos y se contuvo.

–Lo siento. Es que me duele la cabeza –se disculpó Chelsea.

Adam recordó que Todd le había dicho algo sobre los problemas de su esposa, pero la excusa de Chelsea no parecía demasiado creíble.

–Quizá te vendría bien tumbarte –dijo Jenna con simpatía.

Chelsea la miró llena de animadversión y, milésimas de segundo después, esbozó una falsa sonrisa.

–No, estoy bien.

En ese momento, Adam sospechó que los dolores de cabeza de Chelsea tenían mucho que ver con sus celos por haberlo visto en la cama con Jenna. Durante un instante, se preguntó si le había propuesto a Jenna una misión imposible.

La llegada de otros invitados al comedor animó las conversaciones. Chelsea se llenó de excitación, comportándose como la anfitriona perfecta. Sin embargo, no consiguió disimular una inconfundible actitud hostil hacia su marido, observó Adam, preguntándose si el comportamiento de Chelsea estaría relacionado con Todd más que con otra cosa.

–Esta mañana tenemos muchas actividades planeadas –anunció Chelsea–. Tenemos tenis, paseo a caballo y piscina. Podéis elegir o hacerlas todas… si tenéis fuerzas –dijo y guiñó un ojo–. Y, después de comer, hemos preparado una visita a unas bodegas de vino. Os va a encantar.

Jenna le lanzó una mirada a Adam y él supo de inmediato lo que ella estaba pensando. Él estaba de acuerdo. Tampoco quería quedarse tanto tiempo.

–Me temo que nosotros no podemos quedarnos, Chelsea –dijo Adam, dejando la servilleta sobre la mesa–. Jenna y yo tenemos que volver a la ciudad, tenemos otro compromiso pendiente.

–¡No podéis hacer eso!

Adam se puso tenso, furioso. Nadie le decía lo que podía o no podía hacer.

Chelsea pareció darse cuenta de que había metido la pata, pero eso no la detuvo.

–Seguro que tú puedes quedarte, Adam –rogó Chelsea–. Por favor, di que te quedarás.

Su comentario irritó a Adam todavía más. Chelsea se comportaba como si Jenna no existiera y aquello era el colmo de la mala educación.

–Lo siento –dijo él.

–Pero…

Todd se puso en pie, entonces, lanzándole una mirada reprobatoria a su esposa. Luego, se dirigió a los invitados.

–¿Qué os parece si vamos a ponernos algo más cómodo para comenzar con las actividades? Chelsea ha preparado ropas deportivas para quien necesite algo –indicó Todd, miró a Adam y sonrió–. Avísame cuando Jenna y tú vayáis a iros, Adam –le pidió, haciéndole saber que le parecía bien que se fueran–. Para despedirnos.

Adam asintió, tomó a Jenna del brazo y se levantó con ella.

–Lo haré. Gracias. Nos iremos enseguida.

Adam salió con Jenna del comedor en dirección al dormitorio. Una vez a solas, Adam dejó de ocultar su disgusto por el comportamiento de Chelsea.

–Recojamos nuestras cosas –dijo él.

–Chelsea estaba molesta –comentó Jenna, tras un par de segundos de silencio.

Adam se giró desde el armario y se dio cuenta de que ella no se había movido del sitio.

–Porque sabe que hicimos el amor anoche.

Jenna se sonrojó un poco. Parecía avergonzada.

–Pero ella creía que ya éramos amantes desde antes.

–Sí, pero al vernos en la cama juntos lo ha comprendido al fin.

–Me alegro de que nos vayamos ya –señaló ella y suspiró.

–Y yo –replicó él, enfadado. Y fascinado por las mejillas sonrojadas de Jenna.

Como si intentara ocultar lo avergonzada que se sentía, Jenna ladeó la cabeza.

–¿De verdad tienes un compromiso en la ciudad?

–Sí –afirmó él y se apoyó en la puerta del armario un momento–. Me he comprometido a hacerte el amor durante toda la tarde.

Los ojos de ella brillaron de placer.

–Entiendo.

A Adam le encantó observar que a ella comenzaba a latirle el pulso en el cuello. Tuvo ganas de correr hacia ella, de besarla justo en ese punto… no, si lo hacía, no podría parar. Querría tomarla entre sus brazos de nuevo y hacerle el amor.

–Vamos –dijo él con brusquedad, poniéndose a doblar su ropa–. Recojamos esto y vayámonos de aquí.

Todd estaba esperándolos al pie de las escaleras cuando bajaron.

–Chelsea me ha pedido que os ofrezca sus disculpas. Se ha ido con algunos invitados a los establos.

Adam se sintió aliviado por no tener que verla en ese momento.

–No pasa nada, Todd. Por favor, dale las gracias de nuestra parte.

–Ha sido un fin de semana muy agradable. Lo he pasado muy bien –dijo Jenna, sonriendo.

–Me alegro –repuso Todd con gesto tenso–. Y siento lo de esta mañana.

–¿Va todo bien entre Chelsea y tú? –preguntó Adam a su amigo con preocupación.

Todd hizo un gesto con la mano, como quitándole importancia al tema.

–No hagas caso a Chels. Lo que pasa es que está al límite con… todo.

Adam quiso preguntarle si ese «todo» lo incluía a él, pero no podía. Si él era responsable del mal humor de Chelsea, no quería que su amigo Todd lo supiera.

Justo entonces, dos de los invitados masculinos salieron del salón y los vieron.

–Eh, él seguro que se acuerda –dijo uno de ellos y se acercó a Adam, Jenna y Todd–. Adam, ¿cómo se llamaba aquel hombre al que tu padre denunció por robo? Fue hace cinco años, se llamaba Bruke o algo así…

Adam se quedó petrificado un momento.

–Milton Burke –dijo Adam, tenso.

–Ah, sí, ése es su nombre. Terminó cumpliendo un par de años de cárcel, ¿no es así? –comentó el otro hombre y no esperó la respuesta–. Sí, el viejo Milt era un estafador profesional. Él…

–Nos vamos –lo interrumpió Adam, sin preocuparse por parecer grosero. Tomó a Jenna del brazo, se giró y salieron por la puerta principal.

Su coche los esperaba ante la puerta. Los criados ya habían guardado sus maletas en el maletero y, después de una breve despedida de Todd, Adam arrancó y aceleró.

–¿Estás bien, Adam? –preguntó Jenna cuando estuvieron en la carretera.

–Nunca he estado mejor –contestó él, mirándola un instante.

Después de decir eso, Adam se concentró en la carretera, dejando claro que no quería hablar. No estaba furioso con ella, sino con lo que había pasado. La mención del dinero y del fraude le había hecho recordar lo que le unía con esa mujer que se había convertido en su amante. Stewart Branson se interponía entre ellos como una pared de cemento, pensó él.

Maldición, entre el hermano de Jenna y la esposa de Todd, le estaban amargando la vida.

Y no le gustaba nada.

Cuando llegaron a la ciudad después de comer, Jenna estaba intentando no preocuparse. Adam se había mostrado distante desde que aquel tipo había mencionado al hombre que había ido a prisión por fraude. Era un poderoso recordatorio de que los Roth eran implacables si se les molestaba.

Aunque Stewart no había hecho nada malo. Todo lo contrario. Él era quien había sido engañado.

Pero, con Adam tan silencioso, Jenna no pudo dejar de pensar en su relación. ¿Estaría él arrepintiéndose? ¿Pensaría él que había sido un error?

–¿Lamentas haber hecho el amor conmigo, Adam? –preguntó ella en cuanto entraron en su casa.

–La vida es demasiado corta para lamentar nada –murmuró él y la tomó en sus brazos para llevarla al dormitorio.

Las palabras de Adam no tranquilizaron a Jenna en absoluto. Sin embargo, pronto estuvo demasiado ocupada con el presente como para segur preocupándose.

Adam se fue de su casa al anochecer, con la promesa de llamarla.

Cuando se hubo ido, Jenna volvió a reflexionar sobre su relación. No habían hablado sobre fidelidad y se preguntaba si él le sería fiel mientras su aventura durara. Debía recordar que Adam no tenía ningún compromiso con ella. No le debía lealtad... Aunque, para ella, la fidelidad entre amantes era algo implícito. Quizá, para él, fuera diferente.

No, tendría que creer que él le sería fiel, se dijo Jenna. Adam no era como Lewis. Adam tenía más integridad en su dedo meñique que Lewis de pies a cabeza. No hacía falta más que fijarse en que Adam no se había acostado con la mujer de su mejor amigo. Eso era admirable.

Sin embargo, a pesar de saber que Adam la trataría bien, Jenna tuvo que admitir que algo la molestaba. Se había convertido en la amante de un hombre. Otra vez.

Al menos, con Lewis, ella había creído que lo amaba y que podían tener un futuro en común. Pero no tenía planes de futuro con Adam. Sus lealtades estaban divididas y eso impedía que las cosas pudieran funcionar entre ellos a largo plazo.

Aquel pensamiento hizo que Jenna se hiciera la pregunta clave. ¿Por qué había cambiado de idea y había aceptado convertirse en amante de Adam? Al principio, había estado decidida a no intimar con él y, sólo tras un breve fin de semana juntos, se había acostado con él. Quizá fuera porque se había dado cuenta de que Adam era un hombre leal, capaz de ponerse a sí mismo en segundo lugar cuando se trataba de personas a las que amaba, como ocurría con su familia. Para ella, ésa era una cualidad muy atractiva, sobre todo en un exitoso hombre de negocios que apenas tenía tiempo libre.

Y allí estaba ella. Una vez más, había aceptado tener una aventura pasajera con un hombre.

Podría limitarse a disfrutar de ello mientras durara, se dijo Jenna, aunque eso no cambiaría los hechos…

Esa noche, el teléfono de Jenna sonó y ella corrió a responder, esperando que fuera Adam.

–Hola –dijo Jenna, con el corazón acelerado.

No hubo respuesta. Jenna parpadeó y escuchó. Más silencio.

–¿Hola? –repitió ella, pensando que podía ser alguien que se hubiera equivocado de número.

Al otro lado de la línea, nadie dijo nada. Ella empezó a sentirse incómoda.

–¿Quién es?

Pasaron un par de segundos más y a Jenna le pareció oír el suspiro de una mujer antes de que colgaran.

Si hubiera sido alguien que se hubiera equivocado, la otra persona habría colgado directamente, pensó Jenna, llena de aprensión. Si hubiera sido alguna amiga o alguien de su familia…

¡Chelsea!

Sin saber por qué, Jenna estuvo segura de que había sido ella. Todo… encajaba. No había sido un silencio amenazador sino, más bien, desconcertante. ¿Habría querido Chelsea comprobar si Adam estaba con ella? ¿Significaba eso que Chelsea había llamado a casa de Adam y no había recibido respuesta? Lo más probable era que él estuviera terminando algún trabajo y no quisiera ser interrumpido.

De todos modos, ¿cómo diablos había conseguido Chelsea su número de teléfono? Jenna frunció el ceño. No era tan sorprendente, teniendo en cuenta quién era Chelsea.

Lo que Jenna tenía que decidir era si iba a contárselo a Adam. Si lo hacía, podía poner su relación con Todd en peligro y, además, no había ninguna prueba de que hubiera sido Chelsea. Sería mejor esperar y ver qué pasaba, pensó.

Media hora después, el teléfono sonó de nuevo. Jenna respondió con cautela y se alegró al comprobar que era su madre. Sin embargo, se sintió un poco decepcionada porque no fuera Adam…

Su madre le contó que había visitado a Vicki y a las niñas y que estaba preocupada porque Stewart estuviera tan lejos de su familia. Aquello refrescó las preocupaciones de Jenna. Era increíble cómo todo podía parecer normal en lo superficial, sin embargo, no lo era. Y a ella le resultaba muy doloroso ocultarles cosas a sus padres.

A la mañana siguiente en el trabajo, Jenna se sorprendió a sí misma varias veces comprobando el móvil para ver si la había llamado Adam. Sin embargo, no hubo llamadas.

Por otra parte, se alegraba de que Marco no hubiera ido a verla. No se sentía con fuerzas de aguantar ningún interrogatorio sobre su relación con Adam.

Jenna amaba su trabajo, pero ese día le resultó pesado e interminable. Al fin, cuando llegó a casa, lo primero que hizo fue comprobar si Adam la había llamado. Intentó tranquilizarse, diciéndose que él no la llamaría durante unos días y, cuando el teléfono siguió sin sonar, tuvo que aceptarlo. Él tenía otras prioridades, pensó, aunque aquello no consiguió calmar su ansiedad.

Entonces, a las ocho, alguien llamó a la puerta de su casa. Adam.

Él la devoró con los ojos nada más verla, entró y cerró la puerta. Sin decir palabra, la agarró de las caderas y la apretó contra su cuerpo. Ella soltó un grito sofocado al sentir su erección. Era obvio que Adam la deseaba incluso desde antes de llegar a su puerta. Sólo de pensarlo, ella se sintió más femenina que nunca.

Entonces, Adam la apoyó contra la pared y la besó una y otra vez, haciendo que a ella le temblaran las piernas. Él paró un momento, lo justo para tomar aliento, y enseguida volvió a la carga, desabotonándole la blusa y los pantalones.

–¿Por qué no consigo saciarme de ti? –murmuró él con una profunda mirada de deseo.

Adam inclinó la cabeza y comenzó a besarle los pezones a través del sujetador de encaje. Luego, le recorrió el estómago con sus besos… y más abajo hasta que sus dedos llegaron al elástico de las braguitas de ella. Se las bajó para poder acceder a ella con la boca… a su parte más caliente.

Jenna lo agarró de la cabeza mientras él le daba placer, hasta que una explosión de temblores comenzó a recorrerle el cuerpo y llegó al orgasmo.

Después, Adam le hizo quitarse las braguitas del todo y la tomó en sus brazos para llevarla al sofá, donde la sentó. Con el corazón en la boca y apenas capaz de respirar, ella lo observó mientras se quitaba los pantalones. Alargó la mano para tocarlo…

—Esta vez, no —murmuró él, impidiendo que lo tocara. Entonces, Adam se puso un preservativo, se sentó a su lado, la colocó encima de él y la penetró.

—¡Adam! —gritó ella mientras él gemía y la llenaba con su poderoso miembro.

De forma instintiva, Jenna se levantó un poco y volvió a bajar sobre él. Lo hizo de nuevo y él la sujetó de las caderas, de forma que pudiera mantener un exquisito ritmo. Pronto llegaron al orgasmo juntos, mirándose a los ojos.

—Oh, cielos —susurró ella cuando hubieron terminado y descansaban con las cabezas apoyadas. Poco a poco, consiguió tomar aliento y levantó la cabeza—. ¿Es siempre así? —musitó, maravillada. Al instante, sin embargo, se arrepintió de sus palabras—. No, no me respondas —añadió. No quería conocer la respuesta. Para él, debía de ser algo habitual.

Adam le puso la mano bajo la barbilla y le hizo levantar la vista.

—No, no siempre es así.

—Ah —dijo ella, ladeando la cabeza.

Como si hubiera dicho suficiente, Adam se levantó y fue al baño. Ella se quedó allí sentada un momento, sintiéndose emocionada por la confesión de él.

Sin embargo, mientras recogía sus ropas, Jenna empezó a preocuparse. Al final, sería mejor que no hubiera una atracción tan fuerte entre ellos. Al final, tendría que aprender a sobrevivir sin él… Tendría que hacerlo, se dijo, consciente de que nunca podría volver a mirar su sofá sin pensar en lo que habían hecho allí. De pronto, un extraño dolor la tomó por sorpresa.

Cuando su relación terminara, podía comprarse un sofá nuevo, decidió Jenna, para tranquilizarse. Y empezar de cero. Tenía la sensación de que iba a tener que deshacerse de todo lo que le recordara a Adam para conseguirlo.

–¿Has comido? –preguntó ella cuando Adam regresó.

–Sí –contestó él con gesto serio.

–¿Y has cenado?

–Sí –afirmó él–. He tenido una cena de negocios.

–Has terminado temprano –observó ella, sorprendida.

–Quería verte.

¿Quería verla? ¿Por qué? ¿Habría descubierto que le había dicho la verdad respecto al dinero? ¿Por qué, si no, iba a querer verla después de un largo día de trabajo?, se preguntó Jenna y tragó saliva. ¿Y por qué se sentía tan desanimada? Debería alegrarse por Stewart, se dijo.

–Um… ¿por algo importante? –preguntó ella, intentando ocultar sus nervios.

–Sí. Necesitaba hacerte el amor –contestó él y la tomó entre sus brazos–. Y lo he hecho –añadió y la besó un momento–. Ahora tengo que irme. Tengo que terminar algo de trabajo para una reunión mañana a primera hora.

Jenna se sintió aliviada porque el dinero no fuera

lo que lo había llevado allí. Al instante siguiente, sin embargo, se sintió mal por su familia. No podía ser tan egoísta como para buscar su felicidad a costa de dejar de lado a Stewart.

Por otra parte, era mejor que Adam no se quedara a pasar la noche, se dijo Jenna mientras lo acompañaba a la puerta. Él estaba respetando su espacio, igual que ella hacía con el suyo. Era mejor respetar los límites.

—Te llamaré.

Ella asintió. Sin embargo, cuando cerró la puerta, se preguntó si así era como iba a ser su relación hasta que terminara. ¿Se suponía que ella debía sentarse a esperar que la llamara, como una amante sin vida propia?

Algo dentro de ella se rebeló al pensarlo.

La misma situación se repitió durante las noches siguientes. Adam nunca prometía volver a verla, pero siempre se pasaba por su casa alrededor de las ocho para hacerle el amor. Aunque ella había llegado a desear que se quedara a dormir, él siempre se iba a su propia casa.

¿Estaría Adam dándole espacio?, se preguntó Jenna. ¿O sería él quien lo necesitaba?

Capítulo Ocho

Adam no había planeado visitar a Jenna tan pronto, pero de alguna manera se encontró en dirección a su piso el jueves por la noche. Todas las noches de esa semana, se había propuesto irse directo a su casa desde el trabajo, aunque no lo había conseguido.

Era desconcertante aceptar que nunca había deseado a una mujer tanto como deseaba a Jenna. Sentía la necesidad de estar dentro de ella y, sólo de pensarlo, se le aceleraba el pulso. Se pasaba todo el día obligándose a no pensar en ella. Incluso en sus reuniones de negocios debía esforzarse para no imaginarla llegando al clímax entre sus brazos. En varias ocasiones, se había encontrado leyendo un informe y su mente había terminado soñando con ella en bata y con él besándole todo el cuerpo.

Eso mismo fue lo que hizo esa noche nada más verla. Jenna sabía muy bien. Y era muy buena en la cama.

Sin embargo, mientras se estaba vistiendo para irse a su casa, de pronto, Adam se sintió como si debiera ofrecerle algo más… aunque no estaba seguro de qué.

—¿Puedes cenar mañana? –preguntó él, sin pensar.

Ella arqueó una ceja y se puso la bata.

—¿Quieres que te acompañe a algún evento?

—No. Estaremos sólo tú y yo.

—¿Solos?

Adam sonrió.

–Los dos solos, sí. Bueno, todo lo solos que podemos estar en un restaurante.

Jenna se tomó un instante para pensarlo.

–Entonces, ¿no lo haces por Chelsea y Todd?

–No –repuso él. Llevaba sin saber nada de la pareja desde la semana anterior y lo cierto era que, en ese momento, le traía sin cuidado.

Jenna sonrió.

–Me encantaría.

Su hermosa sonrisa derritió algo dentro de Adam y, de pronto, sintió el impulso de dejar claro que su relación era sólo física.

–Trae una bolsa con tus cosas, para pasar la noche fuera.

–¿Una bolsa…?

–Pasarás la noche en mi casa.

Ella había parecido complacida, pensó Adam mientras iba en el coche de camino a su casa. Quizá, había cometido un error al pedir que se vieran a solas. Él no quería que ella se pudiera hacer una idea equivocada ni que esperara que su relación pudiera ir más lejos… De todos modos, no debía preocuparse, se dijo. Era sólo cuestión de tiempo que su relación terminara.

Además, estaba el tema del dinero.

Adam había organizado una reunión con el contable de su hermano Liam el lunes a primera hora. Quería saber de primera mano cómo iban sus pesquisas.

¿Y qué pasaba si no podían encontrar rastro del dinero?

***

La noche siguiente, Jenna estaba emocionada al estar cenando a solas con Adam... hasta que apareció Lewis Carter con su última novia del brazo.

–¿Jenna? –llamó Lewis al pasar junto a su mesa.

Ella se obligó a sonreír, dándose cuenta de que Adam miraba al otro hombre con interés.

–Sí. ¿Cómo estás Lewis? –preguntó ella con tono formal.

Lewis miró a Adam y lo saludó con un gesto de la cabeza antes de volver a posar la atención en Jenna.

–Con el corazón roto porque no respondes a mis llamadas.

Lewis lo hacía sonar como si ella hubiera sido la culpable de que su relación terminara. ¡Qué típico de los hombres!, pensó ella. Le estaría bien empleado que le recordara su infidelidad en ese momento.

La venganza era un plato que se servía frío, se dijo Jenna.

Entonces, Jenna alargó la mano y la posó sobre la de Adam, dedicándole la más dulce de las sonrisas antes de volver a mirar a Lewis.

–Ya ves por qué.

Hubo un momento de silencio. La sonrisa de Lewis se desvaneció.

–Sigues siendo única, Jenna, mi amor.

–Y tú sigues siendo... el mismo –replicó ella. El mismo imbécil, pensó.

–Cariño, ¿podemos sentarnos? Tengo hambre –dijo la acompañante de Lewis.

Lewis rió y les guiñó un ojo.

–Tiene mucho apetito.

Sin poderse quitar de encima el mal sabor de boca, Jenna se quedó viendo cómo se alejaban.

–¿Así que has salido con Lewis Carter?

–No me lo recuerdes –murmuró ella, un poco sorprendida porque Adam no hubiera investigado sus relaciones previas, sobre todo teniendo en cuenta su reclamación sobre el dinero de Stewart–. Es obvio que lo conoces. Él también parece que te conoce –comentó.

–Nos hemos visto en un par de ocasiones.

Ella apretó los labios.

–Qué bien.

Adam sonrió con gesto divertido.

–Al menos, parece que aprecia tu ingenio.

–Es lo único que aprecia.

–¿Qué pasó? –quiso saber él.

Jenna tomó su vaso de vino y le dio un trago antes de hablar. Era mejor decirlo. No tenía nada que ocultar.

–Conocí a Lewis en el aparcamiento de un centro comercial. Nuestros coches chocaron. No fue muy grave, pero él insistió en llevarme a tomar una copa para relajarnos. Intercambiamos nuestros nombres y direcciones para las compañías de seguros y… –dijo ella y se encogió de hombros–. Empezamos a salir.

–¿Durante cuánto tiempo fuiste su novia?

–Alrededor de seis meses.

–Me sorprende que Carter pudiera mantenerse fiel durante tanto tiempo.

–No lo hizo. Yo pensaba que él iba en serio, pero me equivoqué.

Adam la miró con intensidad.

–Yo nunca te engañaría, Jenna.

–Gracias –dijo ella con sinceridad.

Pero un segundo después Jenna pensó que no tenía ningún mérito que él le fuera fiel durante el breve periodo de tiempo que les quedaba para estar juntos.

Adam la observó en silencio unos minutos antes de hablar de nuevo.

–A Carter no le gustaban tus diseños, ¿verdad?

Ella abrió los ojos de par en par.

–¿Cómo lo sabes?

–Tenías reparos en enseñarme tus bocetos en la casa de Todd y Chelsea. Como si esperaras que yo los criticara.

A Jenna le conmovió que se hubiera fijado en ello.

–Me alegro de que no lo hicieras –admitió ella con suavidad.

Adam posó los ojos en ella un largo instante, oscurecidos por el deseo. Entonces, echó su silla hacia atrás y le tendió la mano.

–Vámonos.

Jenna no tenía nada que alegar. Tenía ganas de concentrarse sólo en Adam y ella y de olvidar para siempre a Lewis Carter.

Adam la llevó de nuevo a su casa e hicieron el amor una y otra vez durante toda la noche, como si llevaran una semana sin verse y sin tocarse. Lewis estaba muy lejos de los pensamientos de Jenna aunque, al verlo, había recordado que lo que tenía con Adam era muy especial. Y quería aprovechar el tiempo todo lo posible.

Durmieron hasta bien entrada la mañana del sábado, hasta que Adam dio un brinco y se levantó de la cama.

–Tengo que irme –dijo él–. Tengo una reunión de negocios dentro de media hora.

Jenna estaba apoyada en la almohada, distraída mirando el masculino torso de su amante.

–¿Trabajas hoy? Pero es sábado.

Él caminó hacia el baño.

–La reunión debía ser el lunes, pero a la otra persona le ha surgido un imprevisto y no va a estar en la ciudad la semana que viene –explicó Adam y sonrió–. Quédate aquí y volveré dentro de un par de horas.

Jenna se quedó medio dormida mientras Adam se duchaba y se vestía. Cuando él se hubo ido, se levantó y se duchó también.

Mientras Jenna estaba disfrutando de su segunda taza de café y pensando en prepararse el almuerzo, el conserje llamó al telefonillo. Le informó de que la madre de Adam estaba allí y quería ver a su hijo.

Jenna contuvo la respiración. Era obvio que el conserje acababa de empezar su turno, si no, habría sabido que Adam había salido.

Entonces, ella intentó pensar en algo. ¿Qué se suponía que debía hacer? ¿Querría Adam que su madre conociera a su amante? ¿Debería limitarse a decir que Adam no estaba y pedirle a Laura Roth que regresara en otro momento?

De pronto, Jenna lo recordó.

Liam Roth.

¿Acaso no quería conocer a la madre del hombre que había engañado a su hermano?, se dijo ella.

–Por favor, dígale que suba –ordenó Jenna, dejándose vencer por la curiosidad.

A toda prisa, se arregló delante del espejo, comprobando que estaba presentable, y salió a recibirla ante el ascensor privado. Pronto, las puertas se abrieron y una elegante mujer salió.

Jenna titubeó un momento, olvidando el tema del dinero, un poco intimidada por estar ante una persona tan importante.

Y por haberse acostado con su hijo.

Al fin, fue la madre de Adam quien habló primero.

–Hola, soy Laura Roth –se presentó la mujer con una sonrisa y le tendió la mano.

A Jenna le sorprendió su calidez. Se recompuso lo suficiente para estrecharle la mano, sin poder evitar sentirse un poco inadecuada. Aquella señora imponía bastante.

–Hola, señora Roth.

–Llámame Laura.

Jenna no se imaginó haciéndolo.

–Por favor, entre –ofreció Jenna con educación y la precedió hasta el salón. A pesar de lo que su hijo Liam le había hecho a Stewart, no conseguía sentir animadversión hacia la señora Roth–. No estaba segura de si debía invitarla a subir. Adam no está. Ha salido para atender una reunión de negocios.

–¿En sábado? –preguntó su madre–. Ese hijo mío es un adicto al trabajo.

Jenna percibió un brillo de curiosidad en los ojos de la otra mujer, pero Laura Roth era demasiado bien educada como para preguntarle si era su amante.

–Volverá pronto, si quiere esperar.

Laura negó con la cabeza.

–No puedo. He quedado para comer con una amiga, sólo pasaba por aquí y he venido a ver cómo está Adam. Quería pedirle que recogiera a su primo cuando venga mañana a comer. El coche de Logan está en el taller y le he dicho que no se preocupe. A Adam le viene de camino.

Jenna asintió.

–Le daré su mensaje.

–Gracias.

En ese momento, el ascensor sonó y se abrieron las puertas. Entró Adam, frunciendo el ceño.

–Mamá, debiste avisarme de que venías –protestó él y la besó en la mejilla.

–No te preocupes, cariño. Jenna se ha ocupado de atenderme.

–¿Ah, sí? –dijo Adam y se giró para mirar a Jenna con un gesto de advertencia, diciéndole con los ojos que se cuidara mucho de mencionar a Liam o a Stewart.

Jenna no tenía intención de aprovecharse de la situación pero, al recordar lo mal que lo estaban pasando su hermano y su familia, levantó la barbilla con actitud desafiante.

Adam se dio cuenta.

–Tengo que irme –dijo Laura después de mirarse el reloj de pulsera de oro–. He quedado para comer.

Adam volvió a posar su atención en su madre.

–¿Con papá? –preguntó él.

Laura sonrió de camino al ascensor.

–No, con Della –contestó Laura, apretó el botón del ascensor y se giró–. Jenna, ven mañana a comer con Adam. Cassandra y Dominic acaban de volver de su luna de miel y toda la familia estará reunida.

Jenna le lanzó una mirada a Adam. Él parecía alarmado.

–Gracias, Laura –dijo Jenna–. Pero no quiero entrometerme.

–¿Tienes otro plan?

–No, pero…

–Entonces, insisto –repuso Laura y se subió al ascensor–. Os veo mañana. No te olvides de recoger a Logan, cariño.

Las puertas del ascensor se cerraron.

Los dos se quedaron en silencio.

Jenna miró a Adam. Él no parecía contento.

–Lo siento. Me inventaré una excusa y tú le presentarás mis disculpas por no ir.

–No.

Ella arrugó el ceño.

–Pero creí que…

–Iremos los dos –afirmó él.

Jenna lo pensó un momento. Adam no quería que ella estuviera cerca de sus padres. Sin embargo, ¿quería que fuera a la reunión del día siguiente?

–¿No te preocupa que les diga algo del dinero? –preguntó Jenna. Sería una oportunidad perfecta para hacerlo, pensó, sobre todo de hablar con el hermano mayor de Adam y su esposa. Después de todo, Cassandra había estado casada con Liam antes de casarse con Dominic. Tal vez, ella pudiera saber algo.

–No, no me preocupa. Yo podría hacer lo mismo con tu familia, ¿o lo has olvidado?

A Jenna se le encogió el estómago. A la hora de la verdad, Adam no confiaba en ella. Se sintió como una tonta por haber esperado que sí lo hiciera. Eran amantes en un aspecto de su vida y enemigos en otro.

–Sé muy bien cómo están las cosas, Adam.

Como si sospechara algo, él afiló la mirada.

–Creo que el plan está funcionando en lo que se refiere a Chelsea. Si se entera de que te he llevado a conocer a mis padres, puede que, al fin, se rinda.

Claro, por eso él quería llevarla, se dijo Jenna. Debió haberse dado cuenta.

–O puede que intente captar tu atención con más desesperación todavía –comentó ella–. Chelsea es una mujer muy tenaz. No la subestimes.

–No subestimo a ninguna mujer.

A Jenna se le encogió el estómago un poco más.

–Me parece bien –dijo ella y se giró para ir a la cocina a preparar algo de comer. Así se mantendría ocupada un rato.

Después de eso, Adam comió en silencio mientras disfrutaban del sol en la terraza. No estaba tan relajado como había estado antes. Sin llegar a ser grosero, él se comportaba con más frialdad que antes.

Incómoda, Jenna decidió que no quería quedarse a pasar el día con él. Cuando le dijo que tenía que irse, con la excusa de trabajar en un diseño, él esbozó un sutil gesto de alivio. Ella fingió no notarlo.

Adam le ofreció su chófer para que la llevara a casa.

–No, iré en taxi,

–Pero…

–No necesitas ocuparte de mí –lo interrumpió ella con firmeza, queriendo salir de allí y alejarse de Adam cuanto antes. Era obvio que a él su compañía no le resultaba grata en ese momento.

Tras un largo silencio, él asintió.

–Te recogeré mañana a mediodía.

Ella le lanzó una rápida mirada.

–Siento si esto te resulta incómodo. Podría disculparme con tu madre y no ir, ya te lo he dicho. Por esta vez, podríamos olvidarnos de Chelsea.

Adam apretó la mandíbula.

–No, mi madre te ha invitado, Jenna. Tienes que ir, nos guste o no. De paso, podemos aprovechar la situación.

No era la respuesta que Jenna había querido escuchar. Se giró para recoger sus cosas, descorazonada. Antes de que pudiera dar un paso, él la apretó contra su pecho y la besó. Al menos, seguía deseándola físicamente, se dijo ella.

Sin embargo, en el taxi de camino a casa, Jenna sospechó que había empezado a involucrarse demasiado en la relación. Adam la había elegido porque había confiado en que ella no se implicaría emocionalmente. Y aquello era lo que había hecho. Por desgracia, se estaba dando cuenta demasiado tarde.

En el dormitorio que había sido de Liam en casa de sus padres, Adam contemplaba a su familia por el balcón. Estaban sentados a la mesa junto a la piscina, riendo y bromeando. Era tan agradable oír risas en su casa de nuevo...

Todo el mundo pensaba que Cassandra y Dominic estaban hechos el uno para el otro. Adam estaba convencido de que Liam lo había intuido cuando le había pedido en secreto a Dominic que donara su esperma para una inseminación *in vitro*. El pobre Dominic había sufrido mucho por eso, sabiendo que había sido padre de un niño al que no había podido reconocer hasta que Liam había muerto. Pero, al fin, todo se había hecho público y se había aceptado. Adam sabía que, desde donde los estuviera viendo Liam, estaría contento. Por Dominic.

—Adam, ¿qué haces ahí?

Sorprendido, él se giró, agradecido por la interrupción.

—Nada, mamá. Sólo quería subir aquí, eso es todo.

Su madre lo miró con ternura y dio unos pasos hacia él.

–Echas de menos a tu hermano, ¿verdad? Todos lo echamos de menos.

–¿Estás bien? –preguntó a Laura con preocupación–. No ha pasado mucho tiempo.

Adam la miró a los ojos.

–Tres meses. Y lo echo mucho de menos, pero creo que al fin estoy aceptando que se ha ido –admitió ella y sonrió–. Tengo mucho por lo que estar agradecida.

Adam la observó. Su madre tenía razón, sin embargo, sufría por ella. Haber perdido a un hijo…

–¿Y tú, cariño? –preguntó ella con dulzura–. Esta semana va a ser difícil para ti.

A él se le contrajo el pecho.

–Te has acordado.

–Claro. La muerte de Maddie dejó un gran vacío en nuestros corazones, pero nadie ha sufrido más que tú. No la olvidaremos en el quinto aniversario de su muerte, ni siquiera cuando se cumplan veinticinco años. Ella está en nuestros corazones, hijo.

–Gracias, mamá –dijo él. Sabía que su madre desconocía la historia completa y se alegraba de que así fuera. Si su madre supiera que había perdido también a un bebé nonato, sufriría demasiado. Nunca se lo contaría.

–Y ahora tienes a Jenna –dijo ella con suavidad.

–¿Por qué dices eso? –preguntó él, dando un respingo.

–Me gusta. Creo que es de las que se quedan.

Adam no quería hablar de ese tema. Era lo último que necesitaba. Sin embargo, no pudo contener su pregunta.

–¿Por qué?

–Es morena.

Él arqueó una ceja.

–¿Y?

–Siempre sales con rubias –repuso su madre y titubeó–. Desde Maddie, quiero decir.

Él se puso tenso. No se había dado cuenta.

–No te equivoques, mamá. Lo mío con Jenna no es serio. Todo lo demás es mera coincidencia.

–Cariño, tú…

–Mamá, no intentes hacer de celestina –le espetó él y, al verla encogerse, se arrepintió–. Lo siento, no quería sonar grosero, pero no quiero casarme de nuevo. Al menos, por ahora. Me gusta mi vida tal y como está.

Su madre lo observó y asintió despacio.

–Si eres feliz así, yo también, Adam.

Él se aclaró la garganta.

–Lo sé.

Se oyeron risas provenientes de abajo. Agradecido por la interrupción, Adam se giró para mirar por la ventana. Dominic reía feliz mientras jugaba a perseguir a su hijita por el jardín.

Entonces, Adam vio a Jenna y Cassandra, que reían juntas mientras miraban a la pequeña y a su padre, y algo se encogió dentro de él. Sabía que Jenna mantendría su palabra y no le diría nada a Cassandra del dinero. Y él lo apreciaba. Jenna era tan protectora con su familia como él con la suya. Algo que él admiraba mucho.

–Es mejor que vuelva abajo –dijo su madre e hizo una pausa–. ¿Vienes?

–Dame unos minutos más. Enseguida voy.

Adam oyó a su madre salir, mientras seguía observando a Jenna por la ventana. Era tan hermosa que quitaba la respiración.

Sin embargo, había algo más en ella, aparte de su hermosa sonrisa y de su deliciosa risa. Había estado observándola durante la comida y ella parecía encajar bien en su familia. No alardeaba de nada, como habían hecho el par de amigas que le había presentado a su familia. Jenna se había mostrado un poco tímida al principio, pero pronto Cassandra y su madre le habían preguntado sobre sus diseños de joyería y ella había empezado a abrirse como una flor, dejando al descubierto toda su calidez. Una calidez de corazón, pues ella también les había hecho preguntas, demostrando un sincero interés en ellas. Y había sido esa calidez lo que había comenzado a derretir algo dentro de él...

Diablos, se dijo Adam.

Adam intentó silenciar sus pensamientos y se recordó que, por mucho que admirara a Jenna y por mucho que quisiera pasar tiempo con ella, su relación sólo se basaba en el tema de Chelsea y del dinero. Todo lo demás era un extra con el que no debía contar.

Y eso le recordó lo que su contable le había dicho el día anterior. Por el momento, no había ni rastro del dinero que Stewart Branson decía haberle dado a Liam. Seguía siendo un misterio. Sin embargo, todavía no se podía descartar ninguna posibilidad. Tenía que seguir investigando.

Mientras bajaba para reunirse con los demás, Adam se sorprendió a sí mismo deseando que Jenna y él pudieran tener un futuro juntos. O, al menos, que su relación pudiera durar más tiempo de lo que era habitual para él. Con eso, se daría por más que satisfecho.

Jenna estaba pendiente de Adam cuando él regresó para reunirse con ellos. Había estado muy callado durante la comida, observándola a menudo, pero no con deseo, ni con placer. Después de eso, había entrado en la casa con el pretexto de buscar algo, pero ella había tenido la sensación de que había querido estar solo. Por esa razón no lo había seguido.

La madre de Adam se había ido un momento después y Jenna había intuido que había ido a buscarlo. La otra mujer regresó sólo diez minutos después. Entonces, Laura le había sonreído y la había mirado con un extraño brillo de preocupación en los ojos. ¿Por Adam? ¿Sería ella el problema?, se preguntó.

Quizá, la actitud de Adam se debía a que no había querido que ella fuera a casa de sus padres. Jenna lo entendía pues, si se tratara de proteger a su propia familia, ella también estaría tensa.

Sin embargo, a Jenna le dolía. ¿De veras Adam pensaba que era capaz de contarle lo de Liam a Cassandra, a su madre o a alguien de su familia? Ella tenía tanto que perder como él. Además, Cassandra se merecía todos sus respetos y nunca haría nada para amenazar su felicidad. Cassandra no tenía la culpa de las acciones de su difunto esposo.

En ese momento, Adam se acercó y se sentó junto a Jenna. A ella se le encogió el estómago con un nuevo pensamiento. Seguro que aquello no tenía que ver con el dinero. Él no la habría dejado a solas con su familia si hubiera temido que dijera algo. En ese caso, no se habría despegado de su lado, para vigilarla.

¿Qué era lo que le molestaba entonces?, se preguntó Jenna. Enseguida, se dijo que la única respuesta era que a Adam no le gustaba que entablara amistad con su familia. Era sólo una amante temporal, después de todo. Y su familia pertenecía a la flor y nata de la sociedad australiana.

Eso sí tenía sentido, caviló Jenna. Adam se había mostrado muy distante desde el momento en que la había recogido para ir a comer. Ni siquiera la había besado para saludarla. Ella había pensado que podía deberse a la presencia de su primo. Logan Roth era un hombre muy guapo, lleno de encanto y rico y ella había sospechado que su presencia podría haber inhibido a Adam. Al menos, eso había querido pensar.

Sin embargo, al instante siguiente pensó lo contrario. Conocía muy bien a Adam. Era un hombre que no dejaba que nadie le impidiera hacer lo que deseaba. Si hubiera querido besarla delante de Logan, lo habría hecho. Si hubiera preferido que ella no fuera a casa de sus padres, se lo habría impedido. No, había algo que no iba bien y ella no sabía qué era.

–Y ahora quiero daros una buena noticia –dijo Dominic Roth, abriendo una botella de champán y sacando a Jenna de sus pensamientos.

–Suena bien –bromeó Michael Roth, sonriendo a su hijo mayor.

–Más que bien, papá.

–El suspense me está matando, Dominic –dijo su madre.

–Espera, mamá –pidió Dominic y terminó de servir las copas de champán para brindar. Le dio una mano a Cassandra para que se levantara y le rodeó la cintura con el brazo–. Vamos a tener otro hijo.

Todos los presentes, llenos de alegría por la pareja, brindaron y los felicitaron. A Jenna le conmovió estar presente en un momento así. A pesar de todo su dinero e influencia, la familia de Adam estaba tan unida como su propia familia y tenía los mismos valores. Era muy reconfortante pensar que, estuviera donde estuviera, los antiguos ideales de amor a la familia seguían existiendo.

Entonces, Jenna miró a Adam. Él parecía tan contento como los demás, sin embargo, a ella le dio la sensación de que la noticia le había dejado un poco desquilibrado. ¿Por qué? Adam amaba a su familia por encima de todo. No hacía falta más que ver cómo había defendido a Liam de forma instintiva y lo protector que era con sus padres al no querer que supieran nada del dinero.

Horas después, de camino a casa, Adam continuó mostrándose un poco distante. Logan se había quedado, así que ya no podía explicarse por la presencia de su primo, se dijo Jenna, sintiéndose dolida y confusa. Que ella supiera, no había cambiado nada entre los dos. Adam se había mostrado feliz el día anterior, antes de la visita de su madre, pero desde entonces se comportaba como si quisiera mantener las distancias, pensó ella. Como si algo le impidiera entregarse, algo tan intenso y profundo que él no podía enfrentarse a ello.

En cierta forma, Jenna lo comprendía. Adam había conseguido calarle muy hondo y sus sentimientos por él no estaban haciendo más que fortalecerse. Pero no estaba enamorada de él, se dijo, por suerte. Todavía. Sería una bendición que terminara todo pronto. Quizá, ése fuera el mejor momento para sugerirlo…

Cuando Adam la llevó a su casa, Jenna intentó expresar lo que había pensado.

—Lo siento, Adam. Puede que haya sido bueno para resolver el problema que tienes con Chelsea, pero creo que no debería haber ido contigo hoy. Tú no querías que estuviera allí. Lo sé y tú, también.

Hubo una pausa interminable.

—No es eso. Es… —comenzó a decir él y apretó la mandíbula.

—¿Sí?

—Tengo muchas cosas en la cabeza, eso es todo.

—Quizá pueda ayudarte.

Adam se quedó callado un momento.

—Ven —dijo él al fin y la abrazó con fuerza.

—Adam, yo…

Él la hizo callar con un beso.

Y ella se lo permitió.

Hicieron el amor, aunque Adam siguió manteniendo una cierta barrera entre ellos. Jenna intentó acercarse a él, pero no fue posible. Él la satisfacía en el plano físico, sobre eso no cabía discusión alguna. Sin embargo, ella no sentía que lograran alcanzar la unidad, como le había pasado en las ocasiones anteriores en que habían hecho el amor.

Después, Adam se fue al baño y ella se forzó a no pensar. Necesitaba recuperar el equilibrio, pero no podía dejar de darle vueltas al súbito cambio de actitud de Adam.

Cuando él salió del baño, tenía la cara tan blanca como el papel.

Ella se incorporó en la cama.

—¿Qué pasa?

—El preservativo estaba roto.

–¡Qué! ¿Cómo?

–No entres en detalles. Se rompió.

–Oh, cielos –susurró ella.

Adam se quedó allí parado.

Entonces, Jenna se sorprendió con sus propios sentimientos. Por una parte, estaba asustada, pero por otra… estaba muy emocionada.

–Podría estar embarazada.

–No digas eso –repuso él con dureza y tomó sus pantalones del suelo.

Jenna lo observó. Era obvio que él estaba muy disgustado.

–Mira, no te preocupes –dijo ella, intentando mantener la calma–. Estaré bien –añadió y le tocó el brazo.

Adam se apartó de su contacto con brusquedad.

–Eso no lo sabes.

Jenna se sobresaltó ante su rudeza.

–No, no lo sé –admitió ella con firmeza, pensando que, al menos, uno de los dos debía mantener la calma–. Pero sé que entrar en pánico no servirá de nada.

Adam hizo una pausa.

–Tienes razón, sí –murmuró él y siguió vistiéndose.

Estaba claro que él pensaba irse a su casa. A Jenna le parecía bien, pero… ¿Se iba porque tenía algo que hacer? ¿O porque quería alejarse de ella?, se preguntó, angustiada. ¿Tenía tan mala opinión de ella que sentía aversión ante la posibilidad de dejarla embarazada? Al pensar que no había sido para él más que un cuerpo caliente con quien tener sexo, se le puso un nudo en la garganta.

Sería una tonta si esperara de él algo más aparte de sexo, se dijo Jenna. ¿Pero por qué estaba tan sorprendida?

–Te llamaré –dijo él y le dio un beso fugaz lleno de ternura, como si no quisiera dejarla marchar… todavía.

Después de que él se fuera, Jenna se quedó sentada en la cama y se preguntó si de veras la llamaría. ¿Y sería porque quería verla? ¿O sólo para evitar que le causara problemas a su familia?

De camino a casa, Adam se sintió mareado al pensar en el preservativo roto. Maldición, debió de haber tenido más cuidado. Pero lo único que había tenido en la cabeza era lo mucho que deseaba a Jenna y no se había preocupado por nada más. Había querido hundirse en su cuerpo y olvidar que se acercaba el quinto aniversario de la muerte de su esposa y su hijo. Había querido olvidar que Cassandra y Dominic iban a tener otro hijo y que, a pesar de que se alegraba mucho por ellos, no podía evitar recordar lo que él mismo había perdido.

¡Y por no tener la cabeza en su sitio, Jenna podría estar embarazada!

Podría estar embarazada de él.

Adam no se sentía capaz de pasar por ello de nuevo. No podría superar otra vez una pérdida como la que había vivido. Todavía recordaba a Maddie cuando le había contado, llena de felicidad, que iban a tener un bebé. Maddie había sido una mujer maravillosa. Ella sólo había querido ser una buena esposa y una buena madre. Y podría haberlo hecho, si…

Si hubiera tenido la oportunidad.

En la siguiente intersección, Adam dio media vuelta y se dirigió al cementerio.

Capítulo Nueve

Jenna fue a trabajar al día siguiente y esperó a que Adam la llamara. Pero llegó la noche y él no había llamado. Ni se había pasado por su casa. Al fin, la llamó, pero su conversación fue muy breve. No había duda de que él se estaba distanciando. Al parecer, el preservativo roto había sido la última gota que había colmado el vaso, se dijo ella. Ni siquiera estaba segura de que él quisiera seguir fingiendo por Chelsea y Todd.

¿Y si estaba embarazada?

Jenna intentó no estresarse con el pensamiento. Tal vez, no quisiera enfrentarse a la realidad, pero sentía que ya tenía suficientes preocupaciones. Tampoco quería ni imaginar cuál sería la reacción de Adam si tuviera que ser padre. Sospechaba que a él no le gustaría. Sin embargo, se consoló pensando que no era el tipo de hombre que desatendiera sus responsabilidades.

Se preocuparía por ello si llegaba el momento, se propuso Jenna. Antes, no.

Así que se esforzó en mantenerse ocupada, sobre todo cuando él no llamó al día siguiente, ni apareció en su casa, ni le dejó ningún mensaje.

El miércoles por la noche, el timbre de su puerta sonó y Jenna corrió a responder con el corazón en la boca. ¡Adam había ido a verla!, pensó.

Pero no pudo ocultar su decepción al ver a su cuñada en la puerta.

–Parece como si esperaras a otra persona. Lo siento. Debí haber llamado primero.

Jenna se obligó a sonreír.

–Puedes venir cuando quieras. Entra, Vicki.

–No me quedaré mucho tiempo si estás esperando a alguien –dijo Vicki y entró.

Jenna pensó que era mejor que Adam no estuviera. No porque temiera que él le dijera algo a Vicki sobre el dinero, sino porque era mejor no mezclar a la familia con una relación que estaba a punto de terminar.

Jenna meneó la cabeza e intentó fingir calma.

–No, no espero a nadie –repuso ella y le indicó a Vicki que se sentara en el sofá–. ¿Y dónde están las niñas?

–Las he dejado en casa de sus abuelos. Les he dicho que quería ir a la biblioteca y que era mejor ir sin niños.

–Suena un poco misterioso –observó Jenna con cautela.

–Lo es.

–¿Quieres una taza de café primero? –preguntó Jenna. Tuvo la intuición de que Adam podía llegar en cualquier momento, pero no quería ser descortés con su cuñada.

–No, gracias –dijo Vicki y se sacó una carta del bolso–. Igual tú puedes ayudarme a entender esto, Jenna. Hoy ha llegado una notificación del pago de la hipoteca de este mes y estoy confundida. Dice que debemos dinero. Peor, dice que seguimos debiendo trescientos cincuenta mil dólares –explicó y frunció el ceño–. El año pasado, sólo nos quedaban por pagar cincuenta mil dólares, así que no entiendo por qué ahora es más. Es una cifra muy alta, además.

Jenna bajó la mirada, intentando fingir que no sabía nada.

—Déjame ver la carta.

Vicki se la tendió, aunque Jenna ya sabía lo que era.

—Sí, dice eso.

Stewart debía haberle pedido al banco que enviara su correo a otra dirección. Aunque había estado hecho un desastre cuando había salido del país y, sin duda, no se le había ocurrido.

—Tiene que ser un error, ¿verdad?

—Seguro que sí.

—Es lo que yo pensaba —repuso Vicki, aliviada—. No he abierto la carta hasta esta noche. Si no, habría llamado al banco para preguntar.

Gracias a Dios que no lo había hecho, pensó Jenna.

—¿Se lo has mencionado a Stewart?

—Sólo puedo contactar con él por correo electrónico por el momento. Pero no, no quiero preocuparlo, sobre todo cuando está tan lejos.

Jenna asintió, aliviada.

—Bien pensado. No hace falta preocupar a nadie.

—El problema es que mañana me toca encargarme de preparar los almuerzos en el colegio y estaré ocupada con eso todo el día. No voy a tener tiempo para telefonear al banco con calma —dijo Vicki e hizo una pausa—. ¿Crees que podrías hacerlo tú por mí?

Jenna pensó, de inmediato, que el banco no hablaría de eso con ella, pero necesitaba tiempo para idear algo.

—Claro, déjamelo a mí. Veré qué puedo averiguar y te llamaré mañana por la noche.

Si pudiera acelerar las cosas, quizá Adam concluiría su investigación y les devolvería el dinero, y Vicki no tendría por qué saber nada de lo ocurrido.

–Ven a cenar después del trabajo –invitó Vicki–. A las niñas les encantará verte. Te echan mucho de menos.

A Jenna se le inundó de calidez el corazón.

–Yo también las echo de menos.

Después de que Vicki se fuera, Jenna se sentó en el sofá y comenzó a romperse la cabeza. Tenía la dirección de correo electrónico de Stewart y podía escribirle para contárselo, aunque tal vez con eso sólo conseguiría disgustarlo. Además, ¿cómo podría Stewart explicárselo todo a Vicki cuando estaba tan lejos de casa?

Su hermano no debió haberse dejado engañar por Liam Roth, se dijo Jenna, enojada. El problema estaba afectando a demasiadas personas.

Alrededor de una hora después, Jenna no podía soportarlo más. Había estado debatiéndose entre ir a ver a Adam al día siguiente a su oficina para contarle lo que le había dicho Vicki o ir a verlo en ese momento. Eligió lo segundo, incapaz de dormir sin saber qué pasaba con él, tanto en lo personal como en relación al dinero.

Sin embargo, decidió no telefonearlo primero, temiendo que él se negara a que lo visitara. Entonces, de camino a su casa, se le ocurrió que, tal vez, él estuviera con otra mujer. Se le encogió el corazón al pensarlo. Al menos, en ese caso, sabría que lo suyo había terminado, se dijo.

El conserje fue amable con ella, pero insistió en

llamar a Adam por el interfono para anunciarle su presencia. En el silencio de la portería, Jenna escuchó la voz de Adam.

–Hazla pasar –indicó Adam tras una pausa.

Adam la estaba esperando a las puertas del ascensor. A Jenna le temblaban las rodillas. Él estaba tan guapo como siempre, pero un poco pálido y eso le llegó a ella al corazón. ¿Se habría puesto él así sólo de pensar que pudiera estar embarazada?

–Adam, ¿estás bien?

Él evitó mirarla a los ojos. Inclinó la cabeza para besarla, pero no en la boca, sino en la mejilla.

–Estoy bien –repuso Adam y la invitó a sentarse en el sofá.

Jenna prefería quedarse de pie. Miró a su alrededor con disimulo y vio que la mesa estaba llena de papeles esparcidos. Comprobó con alivio que no había señales de que estuviera con otra mujer.

–Estabas trabajando. Te he interrumpido.

–He tenido mucho trabajo durante los dos últimos días.

–Ya –dijo ella y respiró hondo–. Adam, mi cuñada ha venido a verme esta noche –empezó a decir ella y le explicó lo de la notificación del banco–. Por eso, me preguntaba si has sabido algo del dinero.

–No, me temo que no. Sigo investigándolo.

–Ah –dijo ella y frunció el ceño–. Estás tardando mucho, ¿no?

–Así son las cosas a veces –replicó él.

–Entiendo –afirmó ella. Era obvio que no iba a conseguir nada más de Adam en ese momento–. Por favor, avísame si sabes algo.

–Lo haré.

Adam se comportaba como un extraño y ella no podía soportarlo.

—Mira, Adam, si hemos terminado, por favor, dímelo ahora.

—¡Qué diablos dices! —exclamó él, frunciendo el ceño—. ¿Por qué piensas eso?

—Porque no quieres estar conmigo, por eso.

—Quiero estar contigo —dijo él, mirándola a los ojos también.

—¿De verdad? Pues a mí me pareces que te estás alejando.

—¿De qué estás hablando?

—Esta semana no has venido a verme, mientras que la semana pasada no hacías otra cosa.

—Pero sigues gustándome —dijo él.— No lo dudes.

—¿Entonces por qué no lo demuestras?

—Mira, Dominic ha vuelto a la oficina y tenemos que ponernos al día en muchas cosas. Estamos trabajando en un proyecto nuevo, además.

Ella lo miró a los ojos, intentando averiguar si decía la verdad. Adam parecía sincero, aunque…

—¿Te das cuenta de que nunca te has quedado a dormir en mi casa?

—¿Y? —preguntó él a su vez, poniéndose tenso.

—Es tu forma de guardar las distancias, ¿verdad?

—Te he dejado quedarte a dormir aquí. ¿Cómo voy a estar guardando las distancias?

—No intentes darle la vuelta a la tortilla. Te estoy diciendo que eres tú quien no se ha quedado conmigo, no al revés.

—¿Y cuál es la diferencia?

—Tú sabes que la hay —afirmó ella y se quedó mirándolo.

Adam se pasó los dedos por la cabeza, nervioso.

–¿Qué quieres de mí, Jenna?

–Sinceridad, Adam. Sólo sinceridad.

–¿Quieres sinceridad? –preguntó él, tras un silencio.

–Sí –contestó ella, temiendo lo que él pudiera decir a continuación.

–Ayer fue el quinto aniversario de la muerte de mi esposa. Por eso no he ido a verte esta semana.

Jenna se quedó sin respiración durante unos segundos.

–Oh, Adam, lo siento. No lo sabía.

–No esperaba que lo supieras –dijo él en voz baja.

Entonces, Jenna deseó no haber dicho nada...

–No he hecho más que ponértelo más difícil.

Adam dio dos pasos hacia ella y la abrazó.

–No –murmuró él–. Yo sólo quería mantenerme ocupado y enterrarme en el trabajo para no pensar, eso es todo.

A ella se le encogió el corazón.

–Háblame de tu esposa –pidió Jenna y, ante el silencio de él, se apartó y añadió–. ¿No quieres hablarme de ella?

–No, no es eso. Lo que pasa es que... ninguna mujer me ha pedido nunca que le hable de Maddie.

–Me alegro de ser la primera –repuso ella con orgullo.

Adam le apretó las manos un momento.

–¿Por dónde empiezo? –dijo él, encogiéndose de hombros.

–¿Qué clase de persona era? –preguntó Jenna, con ganas de ayudar y con curiosidad.

–Bella –dijo él y sonrió–. Una bella persona. Amaba la vida. Solía reír mucho. Era una bromista.

–Era divertida.

–Lo era. El día en que… murió, tenía el coche lleno de globos. Supongo que había pensado llevarlos a casa para darme una sorpresa. La policía dice que no sabe cómo chocó contra un poste de la luz, pero pensamos que fue por los globos. Un testigo dijo que había visto a Maddie intentando apartar uno de ellos poco antes del accidente –explicó Adam y respiró, tembloroso–. Cielos, parece que fue ayer. Y, al mismo tiempo, parece que ha pasado una eternidad.

–Oh, Adam.

–¿De verdad quieres escucharlo?

Jenna se acercó a él, lo rodeó con sus brazos y lo apretó con fuerza, queriendo consolarlo.

–Sí –susurró ella y lo besó con ternura–. Adam, lo siento mucho.

–Lo sé.

–¿Te parecería mal que te hiciera el amor ahora mismo?

–Me parecería muy bien –respondió él, con ojos llenos de deseo.

Jenna lo besó de nuevo, le dio la mano y lo acompañó al dormitorio, donde se desnudó y lo desnudó. Luego, le hizo el amor con ternura, queriendo ayudarlo a olvidar su dolor.

Los dos se quedaron dormidos. Horas después, al amanecer, Jenna se despertó y se acurrucó a su lado, recordando lo que él le había contado. Hasta ese momento, no había tenido tiempo para considerar que Adam era viudo. Había tenido muchas otras preocupaciones en la cabeza como para tenerlo en cuenta.

Al menos, ya sabía qué le pasaba, se dijo Jenna. Su relación podía no tener ningún futuro a largo plazo, pero se alegraba de comprender mejor sus acciones. Adam había perdido al amor de su vida y no estaba dispuesto a conformarse con nada menos. Por desgracia, para él ninguna mujer podría equipararse a su esposa… y eso la incluía a ella.

Al pensar aquello, Jenna supo que necesitaba un poco de espacio. Con cuidado de no despertarlo, salió de la cama, se vistió en silencio y salió de su casa sin hacer ruido.

Cuando iba de camino a su casa, a Jenna se le ocurrió algo. Adam no había dicho nada sobre la posibilidad de que ella estuviera embarazada y ella tampoco había sacado el tema. Era como si a él se le hubiera olvidado por completo con la semana tan difícil que había tenido.

A media mañana, Jenna estaba deseando volver a ver a Adam. Por eso, le encantó que él la llamara al móvil.

—¿Y si comemos hoy? —preguntó él—. ¿Podrás salir del trabajo a mediodía?

—Sería genial.

Adam parecía contento de verla de nuevo y Jenna sentía lo mismo. Ella había decidido tomarse las cosas con calma, disfrutar del momento, pero le alegraba mucho que él mostrara interés por estar juntos.

Su alegría de desvaneció de pronto cuando, al llegar al restaurante, descubrió que Adam no estaba solo. Estaba sentado a la mesa con Todd y Chelsea.

Adam se puso en pie en cuanto la vio entrar y se acercó hacia ella.

—Lo siento —le susurró él oído y la besó en los labios–. Ya estaban aquí y no he podido ignorarlos. Ahora, sonríe.

Jenna se obligó a sonreír mientras lo seguía a la mesa, donde la pareja la recibió con gesto amistoso, aunque por parte de Chelsea parecía fingido. Luego, mientras leían el menú, Chelsea empezó a llamar la atención de manera desesperada. Rió muy alto por algo de la carta, señalándoselo a Adam con actitud coqueta. Después, le pidió al camarero otro vaso de vino y se terminó lo que le quedaba. Todd apretó los labios.

Entonces, en una mesa en la esquina, un bebé empezó a llorar. Chelsea se quedó petrificada y miró a su esposo.

–Chels, no… –empezó a decir Todd.

Chelsea se levantó de la mesa.

–Cállate, Todd –dijo ella con voz llena de dolor–. ¡Cállate! –gritó, tomó su bolso y salió del restaurante.

Todos en su mesa se quedaron en silencio.

–Tengo que irme –murmuró Todd, se levantó y siguió a su esposa.

Adam y Jenna se quedaron sentados en silencio, estupefactos, durante unos segundos, siguiendo a Todd con la mirada. El ruido en el restaurante, al parecer, había impedido que los otros comensales se dieran cuenta de nada.

–¿Qué diablos ha pasado? –preguntó Adam al fin.

–No estoy segura.

En la calle, Chelsea paró un taxi y se subió a él a toda prisa. Todd llegó justo cuando el coche arrancaba. Como un hombre derrotado, se quedó parado en la calle un momento. Luego, volvió al restaurante.

Muy pálido, Todd se dejó caer en la silla.

–Siento que hayáis estado delante.

Adam frunció el ceño.

–¿Qué pasa, Todd?

–No quería deciros nada antes, pero… –comenzó a decir Todd. Respiró hondo antes de continuar–. Hace unos dos meses, descubrimos que Chelsea estaba embarazada. Los dos estábamos emocionados. Luego… perdió al bebé y… –explicó y sus ojos se llenaron de angustia–. Las cosas no han sido lo mismo desde entonces. Sólo con escuchar el llanto de un niño, Chelsea se sale de sus cabales.

Jenna intentó no pensar en cómo se sentiría bajo las mismas circunstancias. Sobre todo, porque también ella podía estar embarazada. Cielos.

Adam no dijo nada. ¿Estaría pensando en el bebé que ella podía llevar en el vientre? ¿O se había quedado mudo al ver sufrir a su amigo?

–Lo siento mucho, Todd –dijo Jenna al fin.

–Gracias –dijo Todd y miró a Adam–. No quería decirte nada, Adam –añadió e hizo una pausa–. Entiendes por qué, ¿verdad?

–Sí, claro –afirmó Adam con tono abrupto. Estaba pálido.

–Chels no ha sido la misma desde que pasó –continuó Todd–. Parece haber perdido los nervios. Los dos estamos intentando poner buena cara ante la gente, pero yo sé que a ella le está carcomiendo por dentro.

Pasaron un par de segundos en los que nadie habló, aunque los dos hombres parecían muy preocupados. Jenna tuvo que admitir, para sus adentros, que Chelsea ya no le parecía una acosadora, sino una mujer triste. Chelsea tenía un marido maravilloso que la amaba y que esperaba tener más hijos con ella en el futuro, pero primero debían superar aquella crisis.

–¿Has intentado hablar con ella? –preguntó Jenna, queriendo ayudar.

Todd meneó la cabeza.

–No. Cada vez que lo hago, empieza a llorar y me siento impotente, así que termino dejándola en paz.

–Te necesita, Todd. Deberías ir tras ella –aconsejó Jenna.

–Sólo conseguiré que llore de nuevo.

–Déjala llorar, entonces –propuso Jenna y ladeó la cabeza–. Y, quizá, tú deberías llorar con ella. Puede que sea la única manera de solucionarlo.

Adam se aclaró la garganta.

–Jenna tiene razón. Los dos necesitáis superar el dolor antes de poder seguir adelante.

Hubo una pausa.

–Supongo que tenemos que empezar por alguna parte –dijo Todd y sus ojos se llenaron de determinación–. Gracias a los dos –añadió con sinceridad y se fue del restaurante.

Jenna les deseó suerte en silencio.

Luego, ella posó los ojos en el hombre que tenía a su lado.

–Parece que ahí está la respuesta al comportamiento extraño de Chelsea.

Adam estaba intentando controlar el dolor que le invadía el pecho. ¿Todd había pasado por lo mismo que había pasado él? Podía comprender por qué su amigo no había querido decírselo. No había querido recordárselo.

Por supuesto, Todd debía ser consciente de una gran diferencia, se dijo Adam. Al menos, su amigo tenía todavía a su esposa.

Por suerte, Todd no había dicho nada delante de

Jenna, pensó Adam. Nadie sabía que Maddie había estado embarazada cuando había muerto. Sólo él, Todd y los médicos.

Entonces, de pronto, un pensamiento asaltó a Adam.

Jenna también podía estar embarazada.

—Sospechaba que les pasaba algo.

—Sí, yo tuve la misma sensación cuando Todd nos invitó a su casa de vacaciones —admitió él.

—Pobre Chelsea —dijo Jenna—. Supongo que tú sólo eras para ella una distracción de su sufrimiento. No creo que siga acosándote más.

—No, yo tampoco —señaló él con alivio—. Pero será mejor que nos vea juntos un poco más de tiempo. Hasta que recupere el juicio.

—Buena idea.

De pronto, Adam tuvo la necesidad de decir más.

—De todas maneras, no pienso renunciar a ti cuando termine lo de Chelsea, Jenna —indicó él y, por si ella no estaba de acuerdo, le recordó—: También tenemos que resolver el tema del dinero. Por eso hemos empezado a salir.

—Es verdad —dijo ella y bajó la mirada—. Así que te debo dos semanas más de mi tiempo. Mientras encuentras el dinero de Stewart, claro.

Adam apretó la mandíbula, como si siguiera dudando que la historia de Stewart fuera cierta.

—Pidamos la comida —sugirió él tras un momento.

—No tengo mucha hambre, Adam. Espero que no te importe.

—Yo tampoco tengo hambre —repuso él y la ayudó a levantarse—. Vamos. Te llevaré al trabajo.

Cuando salían del restaurante, Adam se dio cuenta de que tenía un par de mensajes en el móvil de su investigador privado. Se le encogió el estómago al verlos, aunque no se lo mencionó a Jenna.

En casa de Vicki esa noche, después de cenar y de que las niñas se fueran a la cama, Jenna informó a su cuñada de lo que le habían dicho en el banco. No habían podido atenderla porque no era su cliente. Cuando ella les había dicho que Vicki llamaría al día siguiente, le habían respondido que la cuenta estaba a nombre de Stewart y que sólo le darían la información a él.

–¿De verdad? –dijo Vicki–. ¿No me la pueden dar a mí? ¡Es mi casa!

–Sí, pero la cuenta está sólo a nombre de Stewart.

–Nunca pensamos que eso sería un problema –comentó Vicki, frunciendo el ceño.

Jenna se preguntó si su hermano lo habría hecho a propósito.

–Gracias por llamar de mi parte, tesoro –dijo Vicki, intentando ocultar su intranquilidad–. Gracias.

–De nada. Es un placer.

–Le mandaré un correo electrónico a Stewart esta noche y le contaré que hay un problema con la cuenta. Así él podrá ponerse en contacto con el banco y darles permiso para que hablen conmigo mientras él esté fuera del país. Cuando vuelva, nos encargaremos de poner la casa a nombre de los dos.

–Suena bien –comentó Jenna. Sin embargo, pensó que su hermano iba a preocuparse cuando recibiera el correo.

Sin duda, Stewart la llamaría e idearía un plan para retrasar lo inevitable, se dijo Jenna. Sin embargo, ella no pensaba decirle nada sobre Adam ni sobre la posibilidad de que le devolvieran el dinero que había prestado a Liam. No quería darle falsas esperanzas.

–¿Así que no hay ni rastro del dinero? –preguntó Adam.

–Eso es, señor Roth –repuso el investigador privado–. Y le aseguro que hemos estado investigando a fondo. Mis colaboradores conocen muy bien los trucos que hay para esconder el dinero en cuentas secretas y no hemos encontrado nada.

Tal y como Adam lo había sospechado.

–¿Entonces Stewart Branson no le había dado ningún dinero a mi hermano?

–No.

–En ese caso, se trata de un timo –concluyó Adam, furioso. Sin duda, Stewart y Jenna estaban conchabados para engañarlo.

–Eso parece. Tengo pruebas de ello, además.

–¿Pruebas? ¿No has dicho que no habías podido encontrar nada?

–Sobre el dinero, no. Pero he averiguado algo muy interesante. ¿Sabía que Stewart Branson…?

Cuando su investigador hubo terminado, Adam estaba más que furioso. Nunca más iba a dejarse llevar por lo que creía haber sentido por Jenna. Jamás.

Capítulo Diez

Jenna se fue de casa de Vicki temprano, con la excusa de que tenía que trabajar al día siguiente. Adam no la había llamado al móvil y quería volver a su casa para ver si él la había llamado al teléfono fijo.

Al llegar, se encontró con Adam esperándola en la puerta.

Jenna sonrió, llena de felicidad al verlo.

—¿Llevas mucho esperando?

—Lo suficiente.

Jenna lo miró y se quedó helada al ver su expresión.

—No sabía que ibas a venir —dijo ella con cautela—. He salido a cenar.

Él apretó los labios y la miró con frialdad.

—Abre la puerta.

Sin duda, pasaba algo malo. ¿Estaría furioso porque no la había encontrado en casa al llegar?

—¿Qué sucede? —preguntó ella nada más dejar el bolso.

—Tú. Eres de lo que no hay —repuso él, furioso.

—¿Q-que quieres decir?

—¿Recuerdas que tenía una cita de negocios el sábado?

—Sí.

—Era sobre el dinero.

—Cuéntame —pidió ella, esforzándose por mantener la calma.

—El contable no encontró ni rastro del dinero de Stewart, pero decidí seguir estudiando el caso y se lo encargué a un investigador privado. Hoy he hablado con él y me ha asegurado que jamás hubo ninguna transacción entre Stewart y Liam.

—No puede ser –susurró ella.

—¿Ah, no?

—Que no encontraran nada, no prueba que sea mentira –replicó ella tras un momento.

—No, pero he descubierto algo muy interesante mientras tanto. Tu hermano tiene un problema con el juego.

Jenna parpadeó y se quedó sin habla.

—¿Te sorprende que lo haya averiguado?

—¿Q-qué?

—Tu hermano y tú habéis sido descubiertos, Jenna. Admítelo. Tu hermano perdió el dinero jugando y los dos planeasteis esto para recuperarlo. Un plan brillante. Un hombre muerto no puede defenderse, ¿verdad? Liam no puede negar los cargos contra él y yo no puedo demostrar que Stewart no le diera el dinero.

Jenna intentó digerir sus palabras. ¿Estaba él diciendo que Stewart había perdido el dinero y no se lo había dado a Liam? ¿Y que ella había planeado con su hermano engañarlo?

—No lo dices en serio –fue lo único que consiguió responder ella.

—Muy en serio, guapa.

—Yo no he hecho nada malo y no creo lo que dices de Stewart. Lo que quieres es librarte de pagar. Te lo estás inventando todo.

Adam se sacó unos papeles del bolsillo de la chaqueta y se los dio.

–Está todo escrito. Léelo. Las evidencias son indiscutibles.

A Jenna comenzaron a temblarle las manos y se quedó pálida al leerlo.

–Tu hermano ha estado jugando con un nombre falso. Ha estado viviendo una doble vida.

–No puedo creerlo.

–Ya –dijo Adam con sarcasmo–. Apuesto a que has incrementado la cifra para que Stewart pudiera pagar sus deudas y, de paso, sacar tú una buena tajada. Te he descubierto, Jenna. Admítelo.

¿Cómo podía admitir algo que no había hecho?, se dijo ella.

–¿Y si te digo que yo no sabía nada del problema de Stewart con el juego? ¿Y si te digo que yo creí lo que él me dijo?

–Pensaría que mientes.

–Es lo que tú quieres creer, Adam.

–No, tengo que creerlo. Es un timo en toda regla. Trescientos mil dólares es mucho dinero.

–No quiero ningún dinero que no le pertenezca a Stewart, Adam.

–¿De pronto te has vuelto muy honrada?

–Puedes pensar lo que quieras –repuso ella y respiró hondo–. Tú crees que te he mentido, pero tú también me has mentido a mí, Adam.

–¿Cuándo?

–Cuando te pregunté anoche si sabías algo del dinero y me dijiste que no. No me hablaste de la reunión del sábado, ni de que no hubieran encontrado nada.

–Regla número uno: no le reveles tu plan al enemigo.

–¿Así que ahora soy tu enemigo? –preguntó ella, dolida.

–¿Es que antes no lo eras?

–Muchas gracias.

–Me has utilizado, Jenna. Me has utilizado para sacarme el dinero. Así que ahora no intentes hacerte la víctima.

Aquel hombre era un completo extraño para ella, pensó Jenna.

Y estaba convencido de que ella era culpable.

–¿Vas a contárselo a la policía? –quiso saber Jenna. No tenía miedo por ella misma, sino por Stewart. Si su hermano de veras tenía un problema con el juego y ella había exigido a Adam algo que no le correspondía...

–No. Quiero ahorrarle el mal trago a mi familia.

Ella respiró aliviada.

–Pero, si tengo que hacerlo, lo haré –le advirtió él–. No lo dudes. Así que te sugiero que tu hermano busque ayuda. Si vuelve a deber dinero a cierta clase de prestamistas, puede que no se lo tomen demasiado bien.

–Oh, cielos –dijo ella. Aquello iba de mal en peor. Stewart podía estar en peligro.

Hubo una pausa.

–Necesita ayuda con su ludopatía, Jenna.

–Lo sé –murmuró ella, admitiendo al final la situación.

–Y tú, también. No puedes ir por ahí timando a la gente.

–Sólo quería que le devolvieras a Stewart lo que yo pensaba que era suyo –afirmó ella con la cabeza bien alta.

–Eso dices –se mofó él–. Por cierto, nuestro trato ha terminado –añadió y se fue dando un portazo.

Jenna se dejó caer en el sofá con el corazón en un puño. Entonces, supo por qué.

Amaba a Adam Roth.

Adam ardía de furia en su camino a casa. Debió haber sabido que Jenna no podía ser tan buena como había creído. ¿A cuánta gente habrían timado ya su hermano y ella?

Había sido un tonto, se dijo. Había pensado, incluso, que Jenna se parecía a su madre y a Cassandra, había creído que era una mujer íntegra. Pero se había equivocado del todo.

Nunca volvería a pasar, decidió Adam. No volvería a dejar que ninguna mujer lo manipulara.

Y, por mucho que le costara, se convencería a sí mismo de que Jenna Branson no había sido más que una aventura pasajera.

Jenna se quedó sentada largas horas después de que Adam se hubiera ido. Tenía el corazón destrozado. ¿Cómo podía él creerla capaz de engañar a nadie?

Luego, estaba lo de Stewart.

La había mentido de forma descarada.

Lo único bueno era que Stewart debía de haber utilizado el préstamo del banco para pagar sus deudas. Si no, habrían ido tras él… o, tal vez, tras Vicki y las niñas. Sólo de pensarlo, Jenna se sintió mareada.

Y Adam tenía razón. Stewart necesitaba ayuda. El

juego era una adicción y sospechaba que su hermano no podría controlarla sin ayuda externa.

Entonces, Jenna se puso en pie con determinación y se sentó delante del ordenador. Iba a mandar un correo electrónico a su hermano en ese mismo momento. No pensaba mencionar su aventura con Adam, pero todo lo demás, sí.

Y exigiría respuestas a su hermano.

Después de eso, se puso ropa cómoda, se sirvió una taza de café y se sentó a esperar. Una hora después, sonó el teléfono.

Era Stewart.

–Jenna, ¿qué diablos has hecho?

–¿Yo? Cielos, Stewart. ¡Tú eres quien ha mentido y ha engañado a todo el mundo! ¿Cómo pudiste inventar una historia así?

–No habría pasado nada si no hubieras hablado con Adam Roth –repuso él y maldijo–. Lo tenía todo planeado. He hecho dinero aquí, pensaba mandárselo al banco mañana, pero ahora tú nos has metido en un lío tremendo.

¡Encima la culpaba!, pensó Jenna.

–Para empezar, nunca debiste mentirme.

–¿Y Vicki? ¿Se lo has contado? ¿Por qué sabe lo del informe del banco? –inquirió él.

Jenna adivinó que Vicki le había escrito contándoselo. No era justo que todo el mundo la culpara de todo.

–El banco mandó la notificación a tu casa porque olvidaste pagar la cuota mensual de la hipoteca.

–No puedo estar en todo –contestó él tras una pausa.

–Debiste haber cambiado la dirección postal, si

no querías que ella supiera nada. Y respecto a tu pregunta, no, yo no le he contado nada.

–¿Y no vas a contárselo, verdad?

–No. Pero tú, sí.

–No seas ridícula, Jenna. Ya está arreglado. En tu correo dices que Roth no va a presentar cargos. En unos pocos meses, podré reunir el dinero suficiente para pagar la hipoteca. Vicki no tiene por qué saberlo. Déjalo estar.

–Te estás engañando, Stewart. Tienes un problema con el juego. Antes o después, volverás a hacerlo y quién sabe qué puede pasar la próxima vez. Esas personas que te piden dinero no tienen ningún escrúpulo a la hora de cobrar.

–Has visto demasiadas películas de gángsters –se burló él.

–¿Tú crees?

–No va a pasar nada, Jenna –afirmó él–. Confía en mí.

–Lo siento, no puedo. La próxima vez, igual pierdes la casa. O a Vicki y a las niñas. Ellas se merecen algo mejor.

Hubo un silencio.

–No puedo decírselo, Jenna.

–No te queda elección –señaló ella–. Si no lo haces tú, lo haré yo.

–¡No te atreverás!

–Sí, sí me atreveré –afirmó ella, pensando que, al final, sería Stewart quien se lo dijera a su esposa.

–De acuerdo, tú ganas. Díselo.

–¿Q-qué?

–Mira, estoy a miles de kilómetros de distancia y no puedo contárselo por teléfono. Es mejor que se lo cuentes tú cara a cara. Así podrás tranquilizarla.

Jenna se puso pálida.

–De acuerdo –aceptó ella al fin–. Pero sólo si me prometes buscar ayuda en cuanto llegues a casa –añadió–. Y se lo voy a contar a mamá y a papá también.

–¡No puedes hacer eso!

–Merecen saberlo, Stewart –señaló ella con firmeza–. O se lo cuento yo o esperamos a que tú vengas y se lo cuentas tú a ellos y a Vicki.

–De acuerdo, hazlo –murmuró él–. No sabía que fueras tan severa, hermana.

Al parecer, no lo suficiente, pensó Jenna al colgar. Su hermano ni siquiera le había dado las gracias.

Al día siguiente, Jenna se tomó el día libre. Quedó con Vicki en casa de sus padres y les contó todo sobre Stewart y Liam Roth, aunque sin mencionar su relación con Adam ni sus sentimientos hacia él.

Por supuesto, contarles lo de Stewart fue una de las cosas más difíciles que Jenna había tenido que hacer. El problema que su hermano tenía con el juego preocupó a todos. Después del shock inicial, parecía que todos estaban dispuestos a apoyarlo. Sus padres se ofrecieron a poner cincuenta mil dólares para pagar la hipoteca de la casa, pero era el dinero de su jubilación y Vicki se negó en redondo, diciendo que era Stewart quien tenía que hacerse responsable de lo que había hecho.

Jenna la admiró por su fortaleza.

Más tarde, Jenna decidió dejarlos solos para que hablaran. Sólo quería irse a casa y descansar. Se había pasado toda la noche anterior sin dormir, pensando en lo que tenía que decir.

Cuando se disponía a irse, sin embargo, su madre la detuvo.

–Adam Roth… parece un buen hombre –comentó Joyce.

Jenna intentó fingir calma.

–Sí, muy bueno.

–No te echa en cara el problema que tu hermano tiene con el juego, ¿verdad? –preguntó su madre, mirándola a la cara.

–No, claro que no –mintió Jenna y le besó a su madre en la mejilla para despedirse–. Tengo que irme. Tengo que terminar un trabajo.

–¿Jenna?

–¿Sí?

–Eres una buena hermana –dijo su madre–. Gracias por ayudar a Stewart.

Jenna abrazó a su madre de nuevo.

–Gracias, mamá –repuso ella, inundada de amor y calidez.

Al llegar a su casa, sin embargo, un frío vacío se apoderó de su corazón.

Capítulo Once

Durante los días siguientes, Adam se volcó en su trabajo. Tenía que hacer muchos viajes de negocios y sólo regresaba a Melbourne un par de veces a la semana. Así se mantenía ocupado.

Igual que lo mantenían ocupado las mujeres con las que salía.

Aunque no se sentía satisfecho con ninguna de ellas. Había intentado besarlas, pero no había podido ir más allá. No las deseaba.

Sólo le gustaba Jenna.

¿Pero qué sentido tenía enamorarse de una mentirosa? Ella había querido timarlo, se dijo él, sintiendo cómo le hervía la sangre.

Por eso, se negaba a pensar en que ella pudiera estar embarazada. De acuerdo, no podía culparla por el preservativo roto. Había sido un accidente. Pero no quería pensar en ello. No podía estar embarazada.

Un día, en su despacho, la secretaria le anunció la visita de Chelsea y Todd. Al parecer, las cosas les iban mejor, pues estaban buscando otro bebé.

Desde el incidente en el restaurante, Todd había llamado a Adam un par de veces. Su amigo no había olvidado que había sido el aniversario de la muerte de Maddie y, también, se había percatado de que él ya no salía con Jenna. Pero él no había querido hablarle de ello.

–Pasábamos por aquí y queríamos saludarte –dijo Todd–. ¿Cómo has estado?

–Ocupado –repuso Adam y esbozó una breve sonrisa, indicándoles que se sentaran.

–Nosotros hemos estado dos semanas en París –señaló Chelsea.

Adam sonrió a Chelsea, sintiéndose relajado con ella por primera vez en mucho tiempo.

–Pareces muy contenta.

–Lo estoy –afirmó Chelsea y le dio la mano a Todd–. Ha sido muy romántico. Todd sí que sabe cómo hacer feliz a una chica.

–Tú eres una chica muy especial –comentó Todd con ternura. Luego, miró a su amigo con preocupación–. ¿Todo bien, Adam?

–Claro –contestó Adam. Apreciaba el interés de su amigo, pero no quería hablar de ello.

En ese momento, el teléfono de Todd sonó.

–Disculpad, tengo que responder esta llamada –dijo Todd y salió del despacho para hablar de negocios.

De inmediato, Chelsea se inclinó hacia delante y dejó de sonreír.

–Esto me resulta un poco difícil, Adam –dijo ella en voz baja–. Pero quiero disculparme por haberte hecho sentir incómodo. Me volví un poco loca. Perdí al... bebé y... pensé que a Todd no le importaba.

A Adam se le encogió el corazón al pensar en el dolor de su pérdida.

–Está bien. Lo entiendo.

–Por favor, no le digas a Todd que... te acosé. Te aseguro que sólo te considero un amigo.

Fue un alivio para Adam oírselo decir.

–No lo haré.

Entonces, Chelsea se recostó en su asiento.

—Todd dice que ya no sales con Jenna.

—No —repuso Adam con frialdad.

—Lo siento. Parecía muy agradable.

—Sí, ¿verdad?

Por suerte, Todd regresó y la conversación se volvió hacia temas más mundanos. No se quedaron mucho tiempo más y él les prometió visitarlos pronto.

Poco después, la madre de Adam se presentó en su despacho también. Él maldijo para sus adentros. ¿Era aquello una especie de conspiración? Llevaba un par de semanas intentando evitar a su madre.

—No has respondido a mis llamadas, Adam —dijo Laura Roth.

—He estado muy ocupado con mis viajes. ¿No te lo ha dicho papá?

—Claro que me lo ha dicho. Dominic, también. Pero podías habérmelo dicho tú de viva voz.

—Mamá, he estado ocupado.

—Lo sé, sí. Te he visto muy ocupado con varias mujeres en las páginas de sociedad de las revistas.

—¿Y te parece mal? —preguntó él, tenso.

—¿Qué ha pasado con Jenna? Era encantadora.

¿Qué podía responder a eso?, se dijo Adam. La verdad, no. Liam había sido inocente de ningún timo pero, de todos modos, no quería entristecer a su madre contándole toda la historia. No era necesario hacerlo.

—No salió bien. A veces, esas cosas pasan. No todo el mundo es compatible.

Su madre meneó la cabeza.

—No, vosotros erais compatibles —aseguró su madre, mirándolo sin titubear—. Lo que creo es que, después de lo de Maddie, tienes miedo de volver a amar.

A Adam se le encogió el estómago, pero se esforzó por no dejar que el dolor lo invadiera. Además, era mejor que su madre creyera eso. Así no tendría que dar más explicaciones.

Él se encogió de hombros.

–Puedes pensar lo que quieras, mamá.

–Yo creía que podías ser feliz junto a Jenna –señaló su madre, mirándolo a los ojos.

–¿Ah, sí?

–Ya veo que no quieres hablar –comentó su madre, haciendo una mueca.

–No, mamá, no quiero. Tengo mucho trabajo –dijo él con suavidad–. Lo siento.

Laura Roth se quedó callada un momento.

–Yo también lo siento, Adam. Siento mucho que vayas a terminar viejo y solo con nadie que te ame.

–¿Quieres decir que tú ya no me querrás cuando sea viejo y esté solo?

Laura le dio un golpecito cariñoso en el brazo, lo besó y se fue. El día de la comida en su casa, su madre le había dicho que Jenna era una mujer que merecía la pena. Pero se había equivocado.

Al menos, Adam podía relajarse después de que su madre hubiera dicho lo que había tenido que decir. Y, quizá, su madre se daría por vencida, dejaría de insistir y aceptaría que no podía hacer nada. Nadie podía hacer nada. Él echaba de menos a Jenna, pero tenía que aprender a vivir sin ella. ¿Acaso no había aprendido a vivir sin Maddie? Y Maddie había sido el amor de su vida.

***

Días después, una noche, Adam se encontró con quien menos esperaba. Jenna. Ella salía del cine. Él había asistido a una cena de negocios en un restaurante cercano y, justo cuando iba a cruzar la calle para subirse a su coche, se tropezó con ella.

–¡Adam! –exclamó ella con suavidad.

Él la sostuvo para impedir que se cayera. En ese momento, tuvo deseos de no soltarla nunca, como si ella también fuera el equilibrio que necesitaba en su vida.

Entonces, Adam recordó lo que ella había hecho.

La soltó y dejó caer las manos a los lados del cuerpo.

–Hola, Jenna –dijo él, incapaz de quitarle los ojos de encima, a pesar de la rabia que seguía bulléndole en las venas.

Alguien carraspeó.

Había una mujer junto a Jenna.

Ella pareció recuperarse de su sorpresa.

–Ésta es mi cuñada, Vicki.

La mujer de Stewart, pensó él.

Adam inclinó la cabeza a modo de saludo y, como respuesta, recibió un hostil respingo. Qué curioso. Era obvio que, para los Branson, era una persona non grata. Pero a él qué le importaba. Había tenido que enfrentarse con gente mucho menos amistosa en sus negocios y siempre había salido airoso, pensó.

Adam posó los ojos de nuevo en Jenna.

–Tienes buen aspecto –comentó él con sinceridad.

–Y tú.

Hubo una pausa.

Bajo la luz de las farolas, Adam se dio cuenta de que ella había perdido peso. También, tenía ojeras oscuras. Se le encogió el corazón al pensar si sería por su culpa, pero enseguida se dijo que no podía ser. Su hermano y ella lo habían premeditado todo desde el principio. No podía sentir lástima por ella.

De pronto, a Adam se le ocurrió algo. Si había perdido peso, eso significaba que no estaba embarazada. Si lo estuviera, debía estar más gorda, ¿o no? , pensó con gran alivio. No podría haberse enfrentado a la posibilidad de ser padre de nuevo. Habría sido una terrible crueldad del destino.

Vicki tomó a Jenna del brazo con gesto protector.

–Vamos –dijo Vicki con firmeza–. Tenemos que irnos.

Jenna titubeó.

–¿Cómo está Todd? ¿Y Chelsea?

Tal vez, ella sentía preocupación genuina por sus amigos, admitió Adam.

–Están bien. Están arreglando sus cosas.

Ella pareció alegrarse.

–Me alegro.

–Yo, también.

Vicki le apretó el brazo.

–Jenna, vámonos.

Jenna asintió.

–Sí, debemos irnos.

Las dos mujeres se dieron media vuelta para irse.

–¿Cómo está Stewart? –preguntó Adam, sin pensar.

Las dos se detuvieron.

–Volverá a casa dentro de un par de semanas –repuso Vicki en tono cortante y siguió caminando con Jenna.

Adam se volvió y cruzó la calle hasta donde lo esperaba su chófer. No había nada más que decir. Dudaba que volviera a ver a Jenna Branson nunca más. Y era mejor así.

***

Jenna no se sentía muy capaz de conducir y fue un alivio que su cuñada se ofreciera para hacerlo. Se sentía mareada después de haber visto a Adam.

Oh, cielos. Él había estado tan guapo que se le había encogido el corazón al verlo. Y se le había encogido más aún al recordar todas las mujeres con las que había salido en los últimos tiempos. Incluso las revistas del corazón habían comentado que el conocido playboy estaba más activo que nunca.

—Entra en casa a tomar algo —le invitó Vicki al llegar a su casa veinte minutos después.

Jenna se recompuso, sacando fuerzas de flaqueza.

—Gracias, pero no. Debería irme a mi casa. Mañana tengo que trabajar.

Era un día entre semana, pero Vicki había insistido en que Jenna necesitaba salir y relajarse y que no podía esperar al fin de semana.

Vicki frunció el ceño.

—Cariño, sé que estás disgustada. Entra un rato en casa —repitió Vicki y levantó la mano cuando Jenna abrió la boca para negarse—. No. Insisto.

Jenna decidió rendirse.

—De acuerdo.

Cuando entraron, la niñera que había estado cuidando a las hijas de Vicki se fue a su casa, en la puerta de al lado. Luego, Jenna y Vicki comprobaron que las niñas estaban dormidas, antes de acomodarse en el salón.

—¿Qué te parece un vaso de jerez?

A Jenna se le revolvió el estómago.

–¿Tienes agua mineral?

–Claro. O podría hacer café o chocolate caliente. O qué tal…

Jenna sintió náuseas al instante.

–Lo siento, yo… –comenzó a decir Jenna y tuvo que ir corriendo al baño a vomitar. No se dio cuenta de que Vicki había ido tras ella y la estaba observando.

–Estás embarazada, ¿verdad?

Capítulo Doce

–¡Eres un hijo de...! –gritó una voz masculina al otro lado del teléfono.

–¿Qué quieres, Branson? –lo interrumpió Adam, haciendo una mueca. Cuando su secretaria le había dicho que tenía una llamada de Stewart Branson, no se había esperado eso. ¿Qué diablos le sucedería?

Stewart maldijo.

–No pudiste evitarlo. Tenías que acostarte con ella, ¿verdad?

Adam apretó el teléfono entre los dedos. No quería hablar de su vida sexual con nadie.

–Mira, tengo que salir de la oficina para tomar un avión. Igual podemos retomar esta conversación tan interesante en otro momento.

–No cuelgues o lo lamentarás –le advirtió Stewart.

–No respondo bien a las amenazas.

–Claro, sólo te gusta hacerlas.

Adam apretó la mandíbula.

–Branson, no soy yo quien intentó sacar dinero bajo falsas pretensiones.

–Yo no esperaba que las cosas fueran tan lejos. No esperaba que Jenna...

–¿Me timara? –se burló Adam–. Vamos, no soy yo quien ha usado a su hermana para hacer el trabajo sucio.

Hubo una abrupta pausa.

–No fue así.

–La verdad, no me importa cómo fue. Ha terminado, Branson.

Colgaría de inmediato, se dijo Adam. Él sólo quería continuar con su vida, no deseaba escuchar las justificaciones de ese tipo que, después de todo, había actuado de forma ilegal.

–Admito que tengo un problema con el juego –dijo Branson rápido, como si supiera que la conversación iba a terminar–. Y voy a arreglarlo cuando vuelva a casa. Pero deja a Jenna en paz. Ella no sabía nada. Ella creyó que me estaba ayudando.

Algo en su tono de voz le impidió colgar a Adam en ese mismo instante.

–Estás intentando timarme de nuevo, Branson –señaló Adam. Lo más probable era que quisiera que él volviera con Jenna… para poder sacarle el dinero. Y, si no era dinero lo que perseguía, tal vez fueran las influencias de su familia. No iba a dejarse engañar, pensó.

–Ojalá hubiera sido un timo –murmuró Stewart.

Adam se puso tenso.

–¿Qué quieres decir?

–Lo que yo hice estuvo mal, Roth, pero lo que tú has hecho al dejar a mi hermana embarazada y no aceptar tu responsabilidad es todavía peor.

Adam se quedó sin respiración.

–¿Qué has dicho? –preguntó Adam, atragantándose con las palabras. Se sintió como si lo hubieran partido en dos.

–Jenna está embarazada. Y espero que hagas algo al respecto.

Adam se estremeció. Inhaló y se obligó a seguir

respirando. No podía ser. Jenna había perdido peso. Y ella se lo habría dicho si...

¿O no?

—¿Roth? ¿Me has oído?

—Me ocuparé de ello —consiguió decir Adam y tragó saliva.

—¿Irás a ver a Jenna y arreglarás las cosas?

—Sí.

—Bien —dijo Stewart e hizo una pausa—. Nadie más lo sabe todavía, Roth, excepto mi esposa y yo. Te voy a dar tiempo para arreglar las cosas —añadió y colgó.

Adam se quedó allí sentado, mirando el auricular. Al fin, colgó también. No estaba acostumbrado a que ningún hombre lo amenazara ni le colgara el teléfono. Pero estaba demasiado conmocionado como para preocuparse por eso. Además, no podía dejar de admirar a Stewart Branson por haber salido en defensa de su hermana.

Jenna.

En una ocasión, Jenna le había dicho que sería su peor pesadilla. En ese momento, era la verdad. Estaba embarazada... de un hijo suyo... y Adam dudaba que a Stewart Branson fuera a gustarle el resultado.

Después de ver a Adam la noche anterior, Jenna no había sido capaz de ir a trabajar al día siguiente. Había llamado para decir que estaba enferma. Y era cierto que no se encontraba bien. Tenía náuseas.

Había sospechado que estaba embarazada desde su primera falta. Sin embargo, no había querido hacerse la prueba. Pero, después de que se hubiera puesto a vomitar la noche anterior en casa de Vicki, su cuñada había ido a la farmacia del barrio y había comprado un prueba de embarazo. El test había confirmado sus peores temores.

Estaba embarazada.

¿Pero de veras era lo que más temía? A pesar de todos los problemas que tenía y los que la esperaban, ella quería a ese bebé más que a nada. ¿Cómo no iba a querer al hijo del hombre que amaba?

Sumida en sus pensamientos, Jenna se acarició el vientre de nuevo, maravillada al pensar en la vida que latía en su interior. Era el sentimiento más glorioso del mundo.

Por supuesto, eso no significaba que no tuviera cosas que hacer. Le había obligado a Vicki prometerle que no se lo contaría a Adam. Él no quería tener nada que ver con ella y, por cómo se había comportado cuando la había visto la noche anterior, estaba todavía más convencida de ello. Adam la había mirado con deseo al principio, nada más tropezar con ella, pero pronto sus ojos se habían endurecido. Él pensaba lo peor de ella. Era obvio que la despreciaría como madre de su hijo.

Por otra parte, Jenna no podía quitarse de encima la sensación de que él tenía derecho a saber que iba a ser padre. Le parecía deshonesto no contárselo y, si él lo descubría más tarde, eso no haría más que confirmar la opinión que tenía de ella.

Sin embargo, con toda su riqueza y su poder, Adam podía intentar quitarle el niño y educarlo él mismo. Aquel pensamiento le hizo sentirse más mareada. ¿Sería él realmente capaz de hacerle eso? Y, si fuera el caso, sería una estúpida si le contara lo del bebé.

Cielos, no sabía qué hacer.

En ese mismo momento, alguien llamó a su puerta. Jenna se sobresaltó. Nadie sabía que se había quedado en casa ese día, excepto la gente de su trabajo. Esperaba que no fuera Marco. No podría soportarlo en ese momento y lo más probable era que fuera grosera con él.

Con suerte, podía ser Vicki. Su cuñada podía haberla llamado al trabajo, haberse enterado de que estaba en casa y haber decidido ir a verla. El teléfono había sonado un par de veces esa mañana, pero ella no había respondido. Y había apagado el móvil. Ese día, no tenía ganas de hablar con nadie.

El timbre de la puerta sonó de nuevo, durante más tiempo. A Jenna le dolía la cabeza y el ruido le molestaba mucho. Corrió a responder. Vicki podía estar preocupada por ella, pero llamar con tanta insistencia…

–¡Adam!

A Jenna le temblaron las rodillas cuando vio quién era y se agarró al picaporte para mantener el equilibrio.

Adam pasó de largo delante de ella, sin saludar. Era obvio que no iba a ser una visita amistosa, pensó ella.

Con el corazón encogido, Jenna cerró la puerta despacio y se giró para enfrentarse a él. La última vez que Adam había estado allí había sido hacía un mes. En esa ocasión, él había estado disgustado y enojado. Al mirarlo, se dio cuenta de que nada había cambiado en él. Seguía teniendo aspecto de estar enojado y disgustado. Tenía la mandíbula apretada. No había duda de que ella se había equivocado al pensar que él se había alegrado de verla el día anterior al tropezarse con ella, aunque sólo hubiera sido durante una fracción de segundo.

Entonces, a Jenna se le ocurrió algo. ¿Se lo habría contado Vicki? No era posible, se dijo. Su cuñada le había prometido que no lo haría. Vicki sabía que ella necesitaba tiempo para pensarlo.

–Adam, ¿por qué estás…?

–Te debo una disculpa, Jenna –la interrumpió él con brusquedad.

Ella parpadeó. Era lo último que había esperado escuchar.

–¿Sí?

Adam se quedó allí parado mirándola, con el cuerpo tenso. Jenna adivinó que algo andaba muy mal, a pesar de la disculpa.

–No pretendías timarme para que os diera dinero a tu hermano y a ti. Ahora lo sé. Siento haberte acusado de algo que no hiciste.

Jenna frunció el ceño. La expresión furiosa de él desdecía las palabras que salían de su boca.

–¿Cómo lo has sabido?

–Stewart me ha contado la verdad –dijo él con tono seco–. Me ha llamado por teléfono.

Ella tardó un momento en digerir sus palabras.

–¿Stewart?

Su hermano había prometido buscar ayuda especializada para curarse de su ludopatía al llegar a Australia pero, en lo relativo a Adam, Stewart no había querido hacer nada de nada. Jenna tragó saliva. De pronto, tuvo un mal presentimiento. Si Stewart le había contado la verdad a Adam, ¿por qué él seguía tan furioso? Lo más lógico era que estuviera aliviado después de saber la verdad, pensó.

Sin poder evitarlo, una sensación de pánico se apoderó de ella.

–No lo entiendo. ¿Por qué te ha llamado? El tema estaba zanjado ya.

–Quería insultarme a gusto.

–¿Por no haberme creído?

–Por eso… –contestó él y comenzó a latirle una vena en la sien–. Y por otras cosas.

Jenna tragó saliva de nuevo. Cielos, pensó.

–¿P-por otras cosas?

Adam estaba parado en medio del salón.

–Debiste habérmelo contado, Jenna –le reprendió él con aspereza–. Debiste haberme dicho algo.

Ella se estremeció. ¿De qué estaba hablando? Era sólo por…

–Debiste haberme hablado del bebé.

De pronto, Jenna se quedó sin aire que respirar.

–¿Lo sabes? –susurró ella, incapaz de moverse y de hacer nada en absoluto.

–Lo sé –repuso él–. Tu hermano me ha dado la noticia hace menos de media hora.

–Oh, cielos.

Jenna consiguió dar unos pasos en dirección al sofá y se dejó caer en él. Adam sabía que estaba embarazada de él. Había ido a verla por eso. Ella no estaba preparada. No sabía qué iba a hacer ni qué iba a decirle… Todo era tan nuevo para ella…

Jenna se humedeció los labios y lo miró.

–Vicki me prometió que no te lo contaría, pero no pensé que fuera a contárselo a nadie más –señaló ella. De pronto, se le ocurrió algo nuevo–. Cielos, es probable que se lo esté contando a mis padres ahora mismo.

–No. Tu hermano dijo que sólo Vicki y él lo sabían –replicó Adam y apretó los labios–. Tu hermano quiere darme la oportunidad de arreglar las cosas.

Al menos, era mejor que nada, pensó ella.

–No pensabas decírmelo, ¿verdad? –dijo él con tono helador.

–Um… No lo sé. Sólo lo he sabido seguro desde anoche –explicó ella y le contó lo que había pasado en casa de Vicki y por qué su cuñada le había insistido que se hiciera la prueba. Cuando terminó de hablar, se dio cuenta de que él se había quedado blanco.

¿De rabia?

¿O de angustia?

–No te alegras de la noticia –observó ella. Estaba claro.

Adam se quedó allí parado, sin moverse.

–No, no me alegro.

A pesar de que ella lo había sospechado, sus palabras le rompieron el corazón. Se abrazó a sí misma.

–No me desharé del bebé, Adam. No me pidas que haga eso.

–Yo no… no haría algo así.

Jenna tembló un poco. De ninguna manera pensaba abortar, pero se alegraba de que él no hubiera pensando tampoco en esa posibilidad.

–Pero no puedo hacer lo correcto, Jenna –continuó él, apretando la mandíbula–. Siento mucho por ti, pero no puedo casarme contigo. Y no puedo ser padre de un niño.

Ella consiguió levantar la barbilla.

–No creo haberte pedido nada, Adam.

–Lo sé pero quiero asegurarme de que no os falte de nada al niño ni a ti. Incluso lo reconoceré por escrito. Es sólo que… –dijo él y tragó saliva–. No puedo implicarme en ello.

Ella se puso tensa.

–Ese «ello» al que te refieres es de tu propia carne y de tu propia sangre –repuso Jenna, tensa. No podía dejar que él hablara del bebé de esa manera. Estaban hablando de un niño que era de los dos.

Adam echó la cabeza hacia atrás, tomó aliento y, muy despacio, espiró.

–Sí, tienes razón –admitió él–. Mira, necesito explicarte algo. No quiero que pienses… –comenzó a decir y se detuvo un momento. Sus ojos se llenaron del más profundo dolor–. Mi esposa estaba embarazada cuando murió en el accidente de coche.

Jenna sofocó un grito.

–Oh, cielo santo, Adam.

Con la mirada, él le hizo saber que apreciaba su compasión.

–Lo sabíamos desde hacía unas semanas, pero no se lo habíamos contado a la familia. Habíamos pensado hacerlo esa noche, en una fiesta en casa.

Jenna comprendió de inmediato.

–Los globos. Tu mujer llevaba los globos a casa para la fiesta, ¿no es así?

Adam asintió.

–No llegamos a contarle a la familia lo del bebé y yo tampoco se lo conté después. Sólo lo sabe Todd. Casi me mato bebiendo tras su muerte, pero Todd me ayudó a levantarme y a volver a vivir. No descansaba nunca. No me dejaba en paz –recordó él y se estremeció–. Le debo mucho a Todd.

–Adam, lo siento mucho –dijo ella. Deseó levantarse e ir a consolarlo, pero no estaba segura de poder tocarlo sin ponerse a temblar.

–Amaba a Maddie y amaba al bebé que ella llevaba en el vientre –continuó él con toda sinceridad–.

Perderlos casi me mató. En realidad, mató una parte de mí. No soy capaz de pasar por eso de nuevo. Lo siento, Jenna. Lo siento de veras.

A Jenna se le rompió el corazón al escucharlo. No podía ni imaginar lo que habría sido para él perder a su esposa y a su hijo, todo su mundo. Si algo le pasara al bebé, o a Adam, ella sabía que no podría seguir viviendo. Sólo podría sobrevivir.

Como Adam sobrevivía.

En el fondo de su alma, Jenna sabía qué debía hacer. Debía dejar que él pagara por abandonar a su hijo. Incluso debía dejar que pagara los gastos de ella, para que ella pudiera cuidar a su hijo de forma adecuada, sin tener que estar todo el día trabajando. Pero lo que nunca debía hacer era decirle que lo amaba. No lo cargaría con ese peso. Con eso, no conseguiría más que aumentar su sensación de culpa, pues Adam era un hombre con un gran sentido de la responsabilidad hacia la familia y los amigos. Y él ya había perdido demasiadas cosas…

A Jenna se le humedecieron los ojos, parpadeó para limpiarse las lágrimas y se levantó del sofá.

–Adam, yo…

De pronto, la cabeza empezó a darle vueltas. Hizo una pausa para recuperar el equilibrio, pensando que se había puesto de pie demasiado rápido.

–¿Jenna, estás bien?

–Yo…

Jenna oyó a lo lejos la voz de Adam y, de pronto, todo se volvió negro.

***

–¡Qué diablos…!

Adam vio como Jenna empezaba a tambalearse. Él la sujetó antes de pudiera caer al suelo. Pero ella estaba ya inconsciente, con la cara blanca.

Adam se quedó pálido.

–Oh, Dios mío –dijo él con la garganta cerrada y la colocó sobre el sofá. Le puso un cojín debajo de la cabeza y se arrodilló a su lado. Le dio unos suaves golpecitos en la cara–. Jenna, despierta.

Ella no hizo nada.

Adam estaba muy asustado. Apenas podía respirar. Tragó saliva y le tocó la cara de nuevo. En esa ocasión, ella empezó a volver en sí.

–Gracias a Dios –murmuró él, lleno de alivio.

Un instante después, Adam se levantó y se sentó junto a ella.

–¿Jenna?

Ella abrió los ojos y parpadeó.

–¿Qué ha pasado?

–Te has desmayado.

Jenna arrugó la frente.

–¿Desmayado? –repitió ella e intentó levantarse. Al instante, volvió a tumbarse–. Estoy muy mareada –dijo y tragó saliva–. Me duelen mucho los oídos. Y estoy empezando a tener náuseas otra vez.

Adam se puso en pie de un salto.

–Quédate ahí. Iré a buscar un cubo o algo, luego llamaré al médico –indicó él y se apresuró a ir a la cocina. Allí, encontró un pequeño barreño debajo del fregadero. Serviría. Lo llevó al salón, junto con una toalla, y puso las dos cosas en el suelo, junto a Jenna.

Ella tenía los ojos cerrados y parecía estar descansando. Con manos temblorosas, Adam se sacó el móvil del bolsillo y llamó a su médico personal. Oscar estaba en consulta, pero él insistió en hablar con él y la enfermera se lo pasó de inmediato.

Adam le contó el problema a toda prisa.

—Está embarazada, Oscar —añadió Adam.

El médico hizo una pausa.

—¿Está sangrando o tiene problemas con el bebé? —preguntó Oscar al momento.

Adam ya había pensado en eso.

—No, creo que no. Sólo está mareada.

—Por si acaso, mandaré una ambulancia. Dame la dirección. Nos veremos en el hospital.

Con el corazón oprimido por el miedo, Adam le dio al médico la dirección.

—Adam, y no te preocupes —aconsejó Oscar—. Lo más probable es que sea un problema de náuseas del embarazo.

—Espero que tengas razón, Oscar —repuso Adam y colgó.

Oscar entendía por lo que estaba pasando en ese momento, se dijo Adam. Aparte de Todd, el equipo médico que había atendido a su esposa también sabía que Maddie había estado embarazada. Oscar había sido uno de ellos.

Adam se sentó de nuevo junto a Jenna, mirándola descansar, con el corazón encogido.

—¿Jenna? —llamó él con suavidad y le tocó el brazo—. El médico va a mandar una ambulancia.

Ella abrió los ojos despacio y lo miró temerosa.

—No tienes por qué preocuparte. Es sólo una medida preventiva. El médico piensa que son sólo las náuseas típicas de los primeros meses.

Jenna se llevó la mano al vientre con gesto protector.

–Sí, es lo mejor.

Adam se sentó a su lado, en el suelo. Lo único que le importaba en ese momento era Jenna. No quería ni pensar en el bebé. Jenna debía recuperarse.

–¿Adam?

–¿Sí?

–Creo que tengo un poco de miedo.

–No temas –dijo él para tranquilizarla, con el corazón latiéndole a toda velocidad. Se sentía tan impotente…–. ¿Quieres beber un poco de agua o alguna otra cosa?

–No –repuso ella y tragó saliva–. Sólo a ti.

–Eso puedo dártelo –contestó él y le dio la mano. Entonces, se dio cuenta de que ella estaba muy caliente. Debía de tener fiebre, pensó. Cielos, eso ya no parecía un mareo típico del embarazo.

–Adam, lo siento.

–¿Por qué?

–Por hacerte esto. Estaré bien. De verdad.

–Sé que vas a estar bien. Y no tienes nada de que preocuparte –dijo él y le acarició la mejilla–. Descansa. Estarán aquí pronto.

La ambulancia llegó, aunque no todo lo rápido que le hubiera gustado a Adam. Les habría puesto una reclamación sino hubiera estado tan aliviado de verlos.

Los médicos de urgencias dijeron que parecía que el bebé estaba bien, pero Adam no se relajó hasta que los médicos del hospital hubieron examinado a Jenna de arriba abajo. Le diagnosticaron una infección de oído. Luego, le dieron antibióticos que no afectaban al embarazo para impedir que la infección se extendiera y un medicamento para el mareo que tenía un ligero efecto sedante. Dijeron que era mejor que pasara la noche ingresada.

Adam se sintió mucho mejor cuando vio a Jenna acomodada en la cama en una habitación privada que le habían dado por insistencia de él. No le importaba el dinero. Pagaría lo que hiciera falta para que ella estuviera bien.

–Creo que debería llamar a tus padres –sugirió él.

–No les digas nada del bebé –pidió ella, abriendo los ojos de golpe.

–Me aseguraré de que nadie se lo diga.

Jenna suspiró y cerró los ojos.

–Gracias –murmuró ella y abrió los párpados un instante–. Puede que Vicki se lo cuente. No dejes que lo haga –añadió y se quedó dormida.

A Adam no le resultaba agradable la idea de llamar a los padres de Jenna, pero le apetecía mucho menos llamar a su cuñada. La mujer de Stewart le había mirado con mucho desprecio la noche anterior. Sin embargo, tenía que hablar con ella primero para advertirle de que no mencionara lo del bebé.

Por suerte, había tenido la previsión de tomar las llaves, el bolso y el móvil de Jenna de la mesa cuando habían salido de su casa. Sin duda, el teléfono de sus padres y de Vicki estaría en la agenda del teléfono.

La cuñada de Jenna se mostró disgustada y fría con él, pero Adam se aseguró de que ella no diría nada del embarazo.

–Lo hago por Jenna, no por ti –le espetó Vicki.

Vicki sugirió llamar a sus suegros ella misma, pero Adam sentía que debía hacerlo él. Vicki dijo que salía para el hospital y colgó.

Luego, Adam llamó a los Branson, que se alarmaron mucho, por supuesto, pero él los tranquilizó, diciéndoles que Jenna estaba bien.

Después de eso, se sentó junto a la cama y esperó.

Todos llegaron media hora después y, tras ver con sus propios ojos que Jenna estaba bien, centraron su atención en él. Vicki no podía ocultar su hostilidad, pero los padres de Jenna parecían muy amables y se alegraban de que él hubiera ayudado a su hija. Sin duda, sus padres pensaban que la actitud de Vicki se debía a Stewart. Al menos, ellos no parecían culparle de los problemas de adicción de su hijo.

Pero todos ellos lo miraban con un gesto de pregunta que él no podía contestar. Adam sabía que se preguntaban por qué había estado con Jenna esa mañana. Era obvio que sus padres sabían que habían salido juntos. Sin duda, pensarían lo peor de él cuando supieran lo del bebé, sobre todo cuando supieran que no iba a casarse con su hija. Diablos, él también pensaba lo peor de sí mismo.

–Tengo que ir a buscar a las niñas al colegio –dijo Vicki media hora después.

–Sí, ve, tesoro –repuso Joyce Branson–. Nosotros nos quedaremos con Jenna hasta que se despierte.

–No es necesario que os quedéis –señaló Adam y, cuando todos lo miraron con gesto especulativo, añadió–: Yo os llamaré cuando Jenna se despierte.

–Gracias, Adam –dijo Joyce–, pero no quiero irme del lado de mi hija.

Adam apartó la mirada para ocultar su irritación. Quería estar a solas con Jenna. Se le estaba acabando el tiempo. No tenían más tiempo para estar juntos.

–Claro que… –dijo Tony Branson, llamando la atención de Adam– Joyce y yo necesitamos una taza de café. Estoy seguro de que debe de haber alguna cafetería por aquí.

Adam asintió. Sabía que el otro hombre lo estaba haciendo para ayudarlo y se lo agradecía.

Cuando se hubieron ido, Adam sintió que la tensión que había sentido se disipaba. Jenna seguía durmiendo y a él le hacía feliz poder sentarse a su lado en silencio. Jenna y él, a solas.

Sin embargo, mientras la manecilla del reloj seguía su ritmo inexorable, Adam tuvo que reconocer que no era justo para Jenna que él se quedara demasiado. Tendría que irse antes o después. Para siempre.

Al pensarlo, se le cayó el alma a los pies. Escondió la cabeza entre las manos. Al menos, sabía que la familia de Jenna la ayudaría a cuidar del bebé. Eran gente de fiar. Él se encargaría de enviarle todo el dinero que necesitara, pero no podía ofrecerle nada más. El bebé y ella se merecían algo mejor que un hombre que había perdido su corazón hacía cinco años.

Adam respiró hondo y levantó la cabeza. ¿Cómo podía haberse equivocado tanto con ella? Estaba tan hermosa y tan serena allí tumbada... Era una persona capaz de llegar al alma a los demás. Y a él le había calado muy hondo.

Entonces, de pronto, Adam lo supo.

La amaba.

Como en un exorcismo, sus demonios interiores se desvanecieron al instante, llevándose su dolor, reparando el agujero de su corazón y llenándolo de un amor nuevo, más fuerte.

Amaba a Jenna. Y amaba a su bebé. No podría vivir sin ellos.

Capítulo Trece

Jenna abrió los ojos en la penumbra. Parpadeó, intentando ajustar la visión. Entonces, vio a Adam sentado en una silla junto a la cama y recordó todo lo que había pasado. ¡Estaba en el hospital!

—¿Y el bebé? —susurró ella con un nudo en la garganta.

Adam se puso en pie al instante.

—Está bien. Nuestro bebé está bien.

Jenna suspiró aliviada. Entonces, se dio cuenta de algo. ¿Él había dicho «nuestro» bebé? ¿Estaría teniendo alucinaciones auditivas por culpa de la infección?, se preguntó.

—¿Cómo te sientes ahora? —preguntó él.

Ella levantó la cabeza e intentó incorporarse.

—No tan mareada.

—La medicación debe de estar haciéndote efecto —repuso él y sonrió. La ayudó a ponerse más cómoda sobre las almohadas—. Estarás mejor enseguida.

Había algo distinto en él, pero Jenna no sabía qué. Luego, recordó algo y se alarmó.

—¿Mis padres? ¿Y Vicki? ¿Han venido? ¿Están aquí? ¿Les ha contado Vicki lo del bebé?

—Sí, han estado aquí. Y no, todavía no saben que estás embarazada —repuso él y sonrió con calidez—. Eres tú quien tiene que contárselo cuando estés preparada.

Ella se relajó, aliviada. Al menos, no tendría que enfrentarse con eso todavía.

–Bien.

–Les he convencido de que se vayan a casa durante unas horas. Les dije que los llamaría cuando te despertaras.

–Gracias –dijo ella y se mordió el labio–. No era necesario que te quedaras conmigo, Adam.

–Sí, mi amor, sí lo era –repuso él y la besó en la frente–. Quiero quedarme contigo el resto de mi vida.

–¿Q-qué?

Adam se echó un poco hacia atrás y la miró a los ojos.

–Te amo, Jenna. No voy a apartarme de ti. Ni ahora, ni nunca.

–Pero… –balbuceó ella, intentando digerir lo que estaba oyendo–. ¿Y qué pasa con Maddie y vuestro bebé?

Por primera vez, Adam no se encogió al escuchar el nombre de su esposa.

–Maddie descansa en paz, igual que nuestro bebé. Y, por primera vez después de su muerte, yo también me siento en paz –aseguró él y le besó la mano–. No me cabe duda de que habría sido muy feliz con Maddie, pero no estaba escrito así. Tú y yo hemos nacido para estar juntos, cariño.

Ella lo miró, con el corazón latiéndole lleno de esperanza.

–¿Estás seguro del todo?

–Nunca he estado más seguro de nada. Maddie fue el amor de mi juventud, Jenna, pero tú eres el amor de mi vida.

–Oh, Adam.

—Y tú me amas también, ¿verdad?

—¿Tanto se me nota?

—El amor reconoce al amor, cariño mío –dijo él y la besó–. ¿Te quieres casar conmigo?

—¡Sí!

—Bien. Tu madre ya está planeando nuestra boda –dijo él y sonrió.

Jenna parpadeó, sorprendida.

—Tuve que inventarme algo para que tus padres salieran de aquí. Si no, nunca hubiera podido estar contigo a solas.

—¿Y están contentos?

—Claro que sí. Y estoy seguro de que se van a poner todavía más contentos cuando sepan que estás embarazada.

A Jenna se le hinchó el pecho de felicidad. Todo encajaba al fin.

Adam tenía razón. Estaban hechos el uno para el otro.

Epílogo

En Navidad, había niños por todas partes. Cassandra y Dominic habían tenido a su segunda hija, Eli, un mes antes, en noviembre. Chelsea había dado a luz a un niño hacía sólo una semana, convirtiendo a Todd en un padre feliz. Incluso Vicky y Stewart estaban esperando a su tercer hijo para dentro de un par de meses.

Christian Liam Roth, hijo de Jenna y Adam, nació justo el día de Navidad. Decidieron llamarlo Christian por eso y Liam en honor del tío que nunca conocería, pero que había reunido a sus padres. Laura y Michael Roth estaban locos de alegría por ser abuelos, al igual que los Branson.

A Jenna le permitieron ir a casa y dejar el hospital el día de Navidad para que fuera a comer con los Roth, pero Adam había puesto una condición: que no se cansara. También, él lo había organizado todo para que la familia de ella estuviera también presente en la comida. Teniendo en cuenta que Adam apenas se había apartado de su lado durante el embarazo y que se aseguraría de que ella no moviera ni un dedo ese día, su condición le había resultado a ella divertida y conmovedora.

Jenna observó cómo él comprobaba que el niño, dormido en su cunita, estuviera bien.

—Descansa un poco, cariño —dijo ella.

–Lo intentaré.

Como madre primeriza, Jenna también estaba nerviosa, pero sabía que, para Adam, era más que eso. Sobre todo, cuando él había conocido tan de cerca el dolor de la pérdida.

Jenna le dio gracias a Dios porque Adam hubiera sido capaz de abrir su corazón de nuevo al amor. Sabía que él los amaba a ella y al niño con toda su alma.

–¿Te he dicho que eres mi ídolo, señor Roth?

–No me dijiste eso cuando nos conocimos, si no recuerdo mal –bromeó él y la besó.

Jenna lo miró a los ojos. Su felicidad era verdadera y completa. Un hermoso futuro los aguardaba.

Un amor de escándalo

KATHERINE GARBERA

Nada más verla, el empresario Steven Devonshire supo que tenía que ser suya. Ainsley Patterson era la mujer con la que siempre había soñado. El trabajo los había unido y ambos sentían la misma necesidad de tener éxito. Pero no le iba a ser fácil ganarse a Ainsley; tras su maravilloso aspecto escondía una espina clavada desde hacía cinco años, cuando Steven la había entrevistado y él la había rechazado. Así que, si la deseaba, iba a tener que darle algo que no le había dado a ninguna mujer: su corazón.

¿La tentaría con una oferta a la que ella no se pudiese resistir?

Aquella noche con ella... traería consecuencias
nueve meses después

El lujoso Ferrari desper-
taba miradas de curiosidad
en el tranquilo pueblecito in-
glés de Little Molting, pero
para la profesora Kelly Jen-
kins sólo significaba una cosa: Alexos Zagorakis había
vuelto a su vida.

Cuatro años antes, con el
ramo de novia en la mano,
Kelly supo que su guapísimo
prometido griego no iba a
reunirse con ella en el altar.

Ahora él había vuelto
para exigir lo que era suyo.

Nueve meses
después...

Sarah Morgan

Asunto para dos

JENNIFER LEWIS

Atractiva, dulce y tremendamente rica... Bree Kincannon era la novia que el publicista Gavin Spencer había estado buscando. Y el padre de Bree le había ofrecido mucho dinero a Gavin para quitársela de en medio. Con la oportunidad de montar su propia agencia, el soltero no tardó ni un instante en convertir a la heredera en su esposa.

Sin embargo, Bree descubrió el verdadero motivo por el que Gavin la había cortejado de repente. Y le cerró la puerta del dormitorio en la cara...

Más de lo que él había negociado